沖縄文学の諸相

戦後文学・方言詩　戯曲　琉歌　短歌

仲程　昌徳

ボーダーインク

前書きに代えて――沖縄文学の二系統

琉球は、一八七九年（明治一二）、首里城の明渡しというかたちで、王国の終焉を迎える。そして翌八〇年（明治一三）には、標準語（日本語）の教習本『沖縄対話』上下が刊行される。これは、琉球方言を日常言語としていた地域に、標準語がかぶさっていく様をよく示すもので、「沖縄」の出発は、その「標準語」の修得といった課題とともに始まっていく。

そして修得された標準語で書かれた沖縄の人の小説作品が、日本の文学界で評判になるのは、一九一一年（明治四四）『ホトトギス』に発表された山城正忠の作品「九年母」からである。日清戦争時を背景にして書かれた「九年母」は、動乱を利用して詐欺を働いた小学校長が逮捕される、といった内容のものだが、そこには、沖縄の帰属をめぐって親日派と対立していた中国派の領袖が、詐欺にあってもの笑いにされた、といった話題が取り上げられていた。一九一一年にはまたあと一つ、現地沖縄で刊行されていた『沖縄毎日新聞』に発表され、のち『三田文学』に転載される上間正雄の戯曲「ペルリの船」が発表されている。それは、那覇港沖に停泊しているペルリの船に乗り込んで、世界をまわって見たいと思っている青年の野望が、あえなく潰えてしまうというものであった。

両作品は、沖縄の近代の文学の初発を告げるものであったといっていいかと思うが、一方は沖縄の帰属と関わる問題を、他方は沖縄の開国と関わる問題を扱っていた。このことは、他でもなく、琉球が「沖縄」になったとはいえ、沖縄が「琉球」という一国意識をまだ濃厚に内包していたということを示していよう。

日本語の修得によって現れたこれらのいわゆる標準語で書かれた作品が、では、その後の沖縄の文学の主流をなしたかといえば、必ずしもそうとは言えない。一九一一年前後は、沖縄の伝統的な表現の再興とでもいえるような状況が出現、方言表現が、時代の前面に登場した時代でもあった。一九〇九年（明治四二）は「琉球文芸復興の第一年」だと喝破したのは伊波月城だが、伊波の言葉は「琉歌大会」の開催に触発されて出てきたものであった。

「琉歌大会」の開催といった沖縄の伝統的表現を代表する錚々たる作家を一同に集めた大会は、まさしく琉球文芸の復興を予感させるに充分であったし、その後の琉歌の隆盛は、ここに始まったといっていい。「琉歌」だけではない。その後、沖縄の人たちを魅了することになる「歌劇」、とりわけその代表的な作品「泊阿嘉」「奥山の牡丹」「伊江島ハンドー小」と呼ばれる民衆芸能が登場してくるのもこの時期以降のことなのである。

我如古弥栄の「泊阿嘉」は、一九一〇年（明治四三）代に作られた作品。三月三日、浜下りの日に見初めた女のもとへ、九九日通いつめて、男は、やっと思いを達することができたにも関わらず、離島への公務を言いつけられる。その仕事を終えて勇んで帰ってきたところ、女は亡くなっていて、残された遺言状を読んだ男もその後を追うようにして女の墓前で死んで行く、というものである。一九一四年（大正三）初演の伊良波尹吉作「奥山の牡丹」は、身分の違う男の子供を生んだために、子供の出世の妨げにならないようにと身を隠した女が、出世した息子に探し出され、一緒に都に上る約束をするが、息子の目を盗んで、裏山から身を投げてしまうというものである。一九二四年（大正一三）初演の真境名由康作「伊江島ハンドー小」は、海難にあった男と深い中になった女が、島に帰っていった男を訪ねて行ってみると、妻子がいただけでなく、けんもほろろに扱われたことから、死んで幽霊になってあらわれる、というものである。

悲恋、情愛、怨念を扱った三作は、ともに上演されるやいなや、連日満員になったといわれただけでなく、その後も、繰り返し上演されて、誰一人知らない者はいないといわれるほどに人気を博したものであった。

標準語を修得したものたちが表現した標準語になる作品がある程度評判を得る時代が到来すると同時に、琉球の伝統的表現になるもので新しい形式になる作品が登場、そしてそれが人々の絶大な支持を得るといったことが起こったのである。

新しい形式になる「歌劇」が人々を魅了したのは、その内容もさることながら、あと一つそこには重要な問題が潜んでいた、と思われる。それは、たぶん意識されることはなかったといっていいかと思われるが、それぞれの作品が、国王の交代にあたって中国からやって来た使者たちを歓待するために作られた「組踊」を踏まえていた、といったことである。

ここには、伝統的な表現を踏まえながら新しい作品を作り出していくといった正当な表現の歴史が見られる。そのことは、沖縄の方言表現が、大きな力を持っていたことを指し示している。

沖縄の近代の表現は、そのように、標準語表現と琉球方言表現とがあい拮抗して大正期に入っていく。

一九二二年（大正一一）には世禮国男の『阿旦のかげ』が上梓される。同詩集は、沖縄の詩人の最初の詩集である。その評の一つ「ことに『琉歌』の訳の渾然さはこの日本最古の古謡を全く今の感覚の上に生かしたもので詩壇に対しても大きい寄与となるであらう」という川路柳虹の讃に見られるように、そこには「琉歌訳（二十八編）」が収録されていた。「琉歌」を「日本最古の古謡」としたのは川路流の賛辞ととるべきであろうが、沖縄の代表的な表現形式になる「琉歌」が、標準語に翻案されてここに登場してきたのである。そして、同一二年、旅の途上沖縄で遊んだ佐藤惣之助が『琉球諸島風物詩集』を刊行する。佐藤は、この詩集について「私はそこ（琉球―引用者注）で琉歌をよみ『おもろ』を知ったことが、私の詩の仕事の上にある面白い現象を投げてくれた事を感謝して、私のこの後の傾向に一つの別種な細目をつくることの詩集を愛するのである」と書いていたが、これは、「おもろ」の言葉、「琉語」、「琉歌の調子」を取り入れて表現するという試みになるものであった。

沖縄の近代詩は、末吉安持によって始まる。一九〇四年（明治三七）に、上京、翌〇五年（明治三八）新詩社に加わり、『明星』誌上に作品を次々と発表していくが、彼の活躍に刺激されたかのように、その後山城正忠、摩文仁朝信、上間正雄、末吉落紅が『明星』『スバル』『創作』等の詩歌雑誌に作品を発表、標準語表現の高揚期を現出させていく。

沖縄の標準語による詩歌表現を活気つかせた末吉は、一九〇七年（明治四〇）、夭逝。与謝野鉄幹は、末吉を追悼した文で「十六歳から詩を作り始めたといふが、確かに詩人たる情熱と、独創の力と、物事に対して一種他人と異つた睨みかたとが有つて、漫に先人の模倣を事とする無定見者流とは選を異にして居つた」といい「氏は短歌を作らず、長詩のみの作者で」あったと紹介していたが、末吉は、「長詩のみ」だけでなく実に多くの琉歌を残してもいたのである。

琉球の文芸復興を謳った伊波月城は、末吉の死後発表された彼の琉歌と、『明星』誌上に発表された新体詩とを比べ、琉歌の方が断然自分の心を打つと断言しているが、それは単に方言になる詩作と標準語による詩作との比較というだけでなく、末吉の背景をなす伝統の問題と関わる発言であったといっていいはずである。明治期の沖縄の若い詩人たちは、果敢に標準語による表現に挑みながら、琉歌も作っていた。作っていただけではない。末吉とともに「首里の文学青年」として並び称された摩文仁朝信は、琉歌の革新を唱えていた。当時の文学青年たちは、琉歌とともにあったのである。

多分それは、世禮にもまだ共有されていた。「琉歌訳（二十八編）」は、その現われの一つであったといっていい。琉球方言になるすぐれた詩語を取り入れて、新しい表現を生み出したいとする試みは、琉球方言になるすぐれた表現のあることをよく知っていたことによっていようし、それはまた中央の詩人たちをも魅了した。

沖縄の方言になる表現が、どれほどの普遍性をもつかは見方によって異なるだろうが、少なくとも、琉球方言になる表現は、長い歴史を持っていた。そしてそれは、標準語の修得が叫ばれた明治以後の沖縄で新たに復興し、大正期になると、その方言表現を下敷きにした新しい表現が現出したという事実は、見過ごしてしまえるようなものではない。

大正になると、新聞社による懸賞小説募集等が盛んになっていく。小説の募集は、言うまでもなく、多くのものが標準語を習得し、まとまった表現が出来るようになっていたことを示すものであるが、大正期を代表する小説としては、やはり雑誌社の懸賞小説に応募して入選した池宮城積宝の「奥間巡査」(『解放』秋季特集十月号、一九二二年)があげられよう。

作品は、那覇の近くにある「特種部落」出身の奥間百歳という男が、憧れていた巡査になって初めてあげた手柄が、思わぬ悲劇を招いてしまう、というものであるが、そこには、他府県出身者がそのほとんどを占める職場で、奥間百歳が「異邦人」視されていく姿が描かれていた。

「異邦人」視される沖縄人といった問題は、やがて別の形の問題を生じさせる。一九三二年(昭和七)、昭和に入って発表された久志富佐子の小説「滅びゆく琉球女の手記」に見られる、出自を隠すという問題である。沖縄であるということをひたすら隠そうとする人物が登場する小説は、沖縄県学生会および沖縄県人会からの抗議によって、後編の掲載が見合わされたこともあって、その全容を知ることはできなくなるが、そのことは差別の問題が、極めて先鋭なかたちで浮上し始めていたことを示していよう。

沖縄に取材した小説の引き起こした筆禍事件は、久志の作品に始まるのではない。

一九二六年（大正一五）、発表されると同時に沖縄青年同盟から抗議を受けた広津和郎の「さまよへる琉球人」があった。広津の小説は、圧制に苦しんだ琉球出身者の言動には同情を寄せざるを得ないものがあるといった内容になるものであったが、そこには人を騙したり、借りた本を返さない琉球出身の男たちが登場していたのである。

広津のような高名な作家が、沖縄人をそのように描くことで、いよいよ沖縄人が差別されることになるといった抗議文に、広津は、思慮の足りなかったことを詫びると同時に以後同作品は単行本等に収録しないといった謝罪文を発表する事件が起こっていた。

差別されることで出自を素直に口にすることが出来なくなる。そのことを書いたのに山之口貘の「天国ビルの斉藤さん」（『中央公論』一九三九年一月号）がある。斉藤さんは、出入りの商人に郷里を聞かれても言わない。言うにはいうが、九州だといって押し通す。出入りの商人は、斉藤さんが、学校をカッコウ、十個をチッコ、下駄をケタということから彼の出身がどこかを知っていながら、そう聞くのである。「僕」は、そのような人間たちを悲しむ。僕には「斉藤さんの中にひそんでいるあの民族意識的なものに対しては、指一本も触れ」てはならないという考え方があった。それは、僕と斉藤さんの間に「黙々として流れている」「人間によくある愛情の流れ」があったことによっているが、それだけではない。「天国ビルに未だにばれない郷里がもう一つ残って」いたのである。

「国」を問われて口ごもってしまうということでは、よく知られた詩「会話」が山之口貘にはあったし、同様の詩が明治の末には蝶心生によって作られていた。「秋日雑詠（一）」と題されたそれは、女に出身を聞かれて東京の町名を言ったところ、女が信じたので、男はそうであって欲しいと自分も思うが、実は琉球だというと、女は嘘をついても駄目と微笑み、信じてくれなかったというものである。それは、どういうことかというと、目の前で、標準語を話している男が「琉球」であるはずはない、という先入観が女にあったということである。「琉球」だというと、山之口貘の詩「会話」に散見する「刺青」「頭上に豚をのせる」「日本人ではない」「素足」「酋長」「土人」といった語が、すぐに頭に浮かんだということである。

「琉球」から「沖縄」へというふうに日本の版図に入ったことで、「沖縄」であることを強く意識させられる事態が起こっていく。そしてそれが、やがて口に出して言えなくなり、隠してしまうといった事態にまでたちいたる。「秋日雑詠（一）」から「会話」へ、「奥間巡査」から「滅びゆく琉球女の手記」への流れは、その事態をよく示すものであったといっていいだろうが、それは他でもなく「日本本土」との接触が深まっていくにつけ、沖縄は異質なのではないかという意識が、双方に生まれてきたということであろう。

沖縄が、異なる形式になる表現の長い歴史を持っていて、それがある程度の強度をもって大正末現在まで及んでいたということ、また、標準語の修得によって表現手段を同じくすることになったことで逆に「異邦人」意識をもたらすことになる、といった、沖縄の近代表現のたどった軌跡は、沖縄が特別な歴史を歩んできたことと関係している。

琉球処分後の沖縄は、いかにすれば異質であることを消すことができるか、それとの格闘であったといっていい。そしてそのことを象徴する事件ともいえるのが、一九四〇年（昭和一五）に起こった「方言論争」であるが、同質化しようとすればするほど、異質の部分が際立ったというのが同時代の沖縄であったといえようし、沖縄近代の表現はそのことをいかんなく示すものとなっていたのである。

沖縄文学の諸相／目次

I

戦後文学の出発

戦後沖縄文学の出発

一

一九四五年八月一五日、予定より一三分遅れて午前九時一三分「沖縄諮詢会」設立のための各地区住民代表会議が、石川市で開かれる。[1]

嘉陽安春著『沖縄民政府—一つの時代の軌跡』によると、「会議は先ず、開催地石川の市長・屋我氏と石川地区担当の軍政府将校・ベンゼント中尉のあいさつで始まり、次いで、議長選挙に移り、志喜屋先生を議長に推挙、続いて議長から当山正堅氏を幹事に指名し、議長、幹事のあいさつが終るのを待って、副長官・ムーレー大佐が登壇、日本が連合国に降状したことを告げ、そしてそれに伴う軍政府の施政方針を明らかにした後、『正午に天皇の声明がある』と発表」したとある。

「沖縄諮詢委員会」設立住民代表者会議のメンバーは、その日の正午に放送される「天皇の声明」を聞かない前に、いち早く日本の降状を知ったことになるが、同会設立住民代表者会議メンバーの前でなされたムーレー大佐の演説は、次のようなものであった。[2]

軍政府の方で今日の集りを計画した時は、日本政府がポツダム宣言に依り和を請い戦争が終ると云うことは予期しなかった。此条件に依れば日本の天皇は引続き残り、連合軍総司令官の監督の下に国を治める。連合軍司令官マックァーサー将軍が代表者として任命され署名し、それから日本の当局者が署名する。戦争が済んだら沖縄の復興も促進するようになる。日本がポツダム宣言を承認しても皆様は心配はない。私は米国の軍人として二八年間の経験から考えて講和条件は正義に依り成り立つ。無理な要求はなく正義を本義として連合軍は進むと信ずる。沖縄の方に対しては、今後も保護し復興に努力する。皆様は復興の相談役であり私は衷心から早く復興が出来、皆様が家族と一緒になり、良い境遇に置かれ沖縄の復興に努力するように希望する。本朝の報道に依れば正午天皇が声明する。ラジオが此所には無いから皆様に内容は知らすことは出来ない。而し本部で内容を聞き、出来るだけ知らせることにする。皆様の中、ポツダム宣言が分からない者は休憩中マリアナ時報の号外に依る三国共同宣言発表を読め。

その後、ムーレー大佐は「軍の方針に対する日本文の翻訳を丸本中尉に読ますことにする」と述べている。丸本中尉によって「朗読説明」された「軍の方針」は、「住民に軍政府の当面の意向を知らせるため各住民区域に掲示するものとす」とされ、八項目にわたる長文のものであるが、「その主眼」は「米軍政府の方針は沖縄住民が普通平時の職業及び生活様式に復旧し、自己の問題に就き漸次現在以上の権利を得べき社会、政治、経済組織を可及的迅速且広範囲にわたり設立する」というものであった。[3]

「沖縄諮詢委員会」設立住民代表者会議メンバーの前でなされたムーレー大佐の演説で注目されるのは、日本の降状と関係なく、この会議が計画されていたということである。それは、言うまでもなく、当初から沖縄を分離して支配する方針を立てていたということであり、「日本」の降状と切り離して考えられていたということである。

沖縄本島中部に米軍が上陸したのが四月一日。そして六月二二日、第三二軍司令官牛島満、長勇の自裁によって組織的な戦いは一応終わり、[4]米軍は、沖縄戦の終了を宣言する。

八月一五日正午の「天皇の声明」が放送されない以前に、沖縄は米軍の統治下におかれ、いち早く戦後生活を始めたわけであるが、以後二七年間、異民族の支配下にあって、いわゆる「本土」と異なった歴史を刻むことになる。

「沖縄諮詢会」の設立は、そのことをよく示すものの一つであったし、同会は「一九四六年四月、沖縄民政府が創設されるまで、米軍政府と沖縄住民の意志の疎通を計る機関として機能」[5]することになる。

一九四五年八月一五日「仮沖縄人諮詢会」が開かれ、翌四六年四月「沖縄民政府」が創設されるまでの一年に満たない短い期間で、「沖縄諮詢会」が行った多くの仕事の中に、教育に関する重要な仕事があった。

米国海軍軍政府副長官ムーレー大佐の「仮沖縄人諮詢会設立と軍政府方針に関する声明」にも「(1)沖縄児童のため民間教師を使用するよう小学校制度を設けること。教材の不足のため軍政府及び沖縄教育家に於ては周到なる計画を要す。(2)後日高等の教育、特に職業及び工芸教育制度を設けること」等「教育」に関わる発言がみられた。しかし、こと「教育」に関しては、「仮沖縄人諮詢会」が開かれる前の「四五年七月に、羽地村田井等では教育者を中心にした戦後初の教育会議が開かれ」ていたし、知念村志喜屋の収容所、羽地村呉我、宜野座村惣慶等では、八月初旬から学校が始まっていた。また、「四五年八月はじめ、美里村東恩納の米軍政府内に教科書編さん所が設けられ」活動を始めている。それは「戦後の沖縄に生まれた公的機関第一号であった」と言われるように「沖縄諮詢会設立会議」の発足より「一週間も早かった」出発である。そして「諮詢会が発足すると、山城（篤男）氏が文教部長になって、教科書編さんは文教部に移され」ていく。[6]

一九四五年秋、沖縄本島中部の東海岸に面した東恩納という貧寒な部落が、いきなり活気にあふれた。沖縄島を占領したアメリカ軍が、まだ銹びた兵器の散在する原野にコンセットやテントを急造し、この部落で沖縄全住民にたいする戦後行政をはじめたのである。捕虜収容所から知識人たちが招集され、琉球諮詢委員会が組織された。社会のあらゆる機能は、戦争でまったく崩壊し、緊急なやりなおしを迫られていたが、学校教科書の編集はそのひとつであった。

大城立裕氏の労作「沖縄の命運」三部作完結編『まぼろしの祖国』「プロローグ」の書き出しである。大城氏は、先の引用文に続けて「左に掲げるものは、その編集の過程における、ある会議の記録である」として、官吏（諮詢委員会文教部の職員）、軍人（アメリカ軍政府の職員）、校長（教職歴三〇年）、教師（陸軍士官学校卒）の四名による討議の模様を描いていた。

四名の討議は、「国語」の教科書をめぐってなされるが、まずその「国語」という呼び方から問題にされる。次に「国家」という言葉をめぐるやりとりがあり、そして四年生用の「マラッカの船」、八年生用の「沖縄船とポルトガル船」、五年生用の「ベンゲット道路」、八年生用の「首里城跡の赤木」、同じく八年生用の「白い煙と黒い煙」、三年生用の「蔡温」、七年生用の「産業の恩人」等の教材について、具体的な検討がなされていく。[7]「文学」の教科書は、沖縄人の国際性や進取の気性、そして沖縄の伝統文化の深さを積極的におし出すかたちのものになっていた。「国語」や「国家」という言葉をめぐって、「琉球語」や「琉球王国」が「軍人」によって口にされるのは、他でもなく沖縄を日本から分離しようとする離反政策によっていたと言えるし、それはまた「沖縄人は日本人ではない」という「マックァーサー元帥の談」[8]にみられるような沖縄観から出ていたとも言えるが、しかし沖縄人の国際性や伝統文化への関心は、米軍の政策によって引き起こされたのではなく、ごく自然に、沖縄の中から湧き出てきたものでもあった。

そのことは、敗戦直後の沖縄の人たちの心のより所となったのが何であったか、ということを探っていけば、そこから浮かびあがってくるはずである。「プロローグ」にはまた、そのことを語る見事な事例がみられる。「校長」と「官吏」によって持ち出されてくる「森川の子」がそうである。「森川の子」は、言うまでもなく組踊「花売の縁」に登場してくる主人公の名前であるが、それは離ればなれになっていた家族が、再会するというものであった。

沖縄戦直後、家族ばらばらに捕虜収容所の生活を余儀なくされていた沖縄の人々にとって、家族再会の物語が呼び起こした感銘は、筆舌に尽しがたいものがあったはずである。そしてまた「パラシュートの布を空鑵にはって、電線をくっつけて三味線」を作り、それでもって演奏された歌とあいまって、物語はさらに印象深いものとなったと言えるが、そこには、伝統文化による慰めを見出した沖縄の人々の姿があった。

「プロローグ」は、「未来展望のヴィジョン」と「文化再生のエネルギー」という、いつの時代にあっても常に問題となる視点をとり出していた。それは崩壊、壊滅後の出発にあたって、伝統をどう復興するか、将来をどう構想するか、当然真剣に討議されざるを得ないものであった。その問題が、象徴的なかたちであらわれてくる場が、いわゆる教科書、とりわけ「国語」の教科書をめぐる討議であった。

一九四五年八月一五日午前九時一三分に始まった「仮沖縄人諮詢会」より、さらに一週間も前に「教科書編さん所」が設けられ活動が始まっていたのは先に見た通りであるが、そのような「学校教科書の編集」の場面に焦点を絞り、沖縄の戦後の出発を見ようとしたのは、大城氏の卓見であった。しかし、人々は、そのような思惑を越えて、すでに戦後を歩み出していた。

二

一九五三年（昭和二八）に発表された内間貫友の「二つの歌―『沖縄戦場小唄』と『終戦口説』―」は、戦後いち早くうたわれだした二つの歌を取り上げて論じたものであった。[9]

内間によれば「沖縄戦場小唄」[10]は、「多くの、オキナワの人々が、そうであったように、捕われの身となって、収容所にいれられた人が、自分（たち）の、身の上を思って、うたった」ものであり、また「終戦口説」[11]は「日中間の衝突から、第二次大戦終了まで」のことがうたわれていて、そこには「当時の政治や軍隊に対する批判が、人情の機微にふれつつ、諷刺の形で、あらわされている」という。内間の論は、「ニッポン復帰、これこそ、現在の、オキナワの、民衆の、ただ一つの願いなのだ。ニッポン復帰によって、格子なき収容所の状態を、とりのぞこうとしている」という主張に見られるように、占領下にある沖縄が、一刻も早く「ニッポン復帰」することによって、屈辱、隷属の歴史から解放され、平和と民主主義の夜明けを迎えるであろうことを待望する立場から書かれたものであった。それは、五〇年代初期の時代思潮を色濃く刻んだものであったが、彼のそのような主張はいま措き、彼のとりあげた二つの歌の出現が持った意味の大きさに、眼を向ける必要があるかと思う。

沖縄の戦後の表現が、どのようなかたちで出発したか、それは極めてよく示すものであったと思えるからである。

沖縄の戦後の出発は、収容所生活によって始まったが、そこでまず、人々がうたいだしたのは、他でもなく琉球方言による表現になるものであった。それは、沖縄の人びとが、すべてを失なった時、呼び起こされてくるのが何であったかをよく語るものとなっていた。

内間は、敗戦後に作られた二つの歌を取り出して、それらを「民族解放、民主主義の獲得のための、新しい詩歌である」ととったのであるが、そのことと共に、二つの歌は、沖縄の戦後の表現の初発を告げたものが、とりもなおさず、琉球方言表現になるものであることを示していた点に、大きな意味がある。

同じく五三年には、「沖縄の文学的考察」と題された、当間嗣光のエッセーが発表されている。[12]

当間はそこで、老舎の「四世同堂」への共感から書き始める。老舎のそれは、「純粋な中流の北京市民である祁《チ》老人と、その息子、孫、ひい孫の四世が同堂（一家）している一家を中心に、隣に住んでいる善良な銭《チエン》という貧乏な愛国詩人とその長男次男を中心に、日本の中国侵略前後の中国人の抵抗と抗戦をテーマにした文学」で、現今の沖縄のおかれている状況と比べて読んでいけば、「多くの学ぶべき点」があると共に、「われわれの考えに強い自信を与える」ものがあるという。

また当間が、「世界の良識と自由と人類愛に通ずる中国人の典型を表現した」「四世同堂」に、「感覚的な親近感を覚え」るのは、それが、「意識的に中国市民の伝統的風習を批判的に摂取して北京市民の生活や農村を背景の中に描き入れた」ところにあるという。それは他でもなく、「清明祭」「紙銭を焼く」こと等、中国と沖縄の習俗・慣習の類似性が多く見られるということによっていた。

占領行政の非道さに抵抗し、追いたてられる中でも、折目節目の行事を損なうことなくとり行なっている沖縄の現状に、「四世同堂」に描かれている世界との重なりを当間は見る。そして当間は「軍政下に呻吟する故郷の人々の苦渋と、抵抗の様」を書き残しておきたいと自己の真情を吐露する。その後で、仲原善忠者『琉球の歴史』を評した比嘉春潮の言葉や、金城朝永の近業及び彼の石野径一郎、火野葦平評を紹介していく。

「四世同堂」への共感を語り、沖縄の動向を論じた後で、当間は、やっと本題に入っていく。当間がそこで取り扱ったのは、伊波南哲の「情熱の愛国詩人—琉球の恩納ナベ物語」であった。

恩納ナベは、周知の通り、沖縄の代表的な琉歌人である。恩納の歌としてよく知られているのに「恩納岳あがた里が生り島、むいんうしぬきてこがたなさな」「恩納松下に禁止の牌ぬ立ちゆし、恋忍ぶまでぬ禁止やねさみ」「あねべたやよかてしぬぐしちあしで、わした世になりばおとめさりて」等の歌や、「波ぬ声ん止り風ぬ声ん止れ、首里天加奈志み御機拝ま」等の歌がある。

当間は、恩納の前者のような歌から、後者のような歌への変化をとらえて、伊波がそれを「情熱詩人」から「一躍愛国詩人」への跳躍であったというように位置づけたのに対し、伊波には歴史への「活眼」がないとしたのである。[13]

当間は、恩納を、後者のような歌がなくても「愛国詩人」であることに変わりはないとする。恩納は「波の声ん止り」のような「国王の御機嫌伺いの歌を詠んだ」ことによって「愛国詩人」であるのではなく、「恩納松下に」や「あねべたやよかて」等のような「歌の中からにじみ出てくる抗議と訴えの中に、国王や権力や出世に対する批判精神があり、民衆を代表しての自由、平等、平和、博愛に通ずるものを見出すからである。そんな美わしい社会にしたいという琉球国のあり方や方向をたとえ当時としては感覚的にせよ、歌い出したということに愛国の心情があるからである」とした。

ここに「愛国」という言葉をめぐる、全く異なった立場からする見方があらわれているのであるが、いずれにせよ、「沖縄の文学的考察」と題されたエッセーが、他でもなく沖縄の伝統的な表現形式である琉歌をめぐってのものであったということに注目すべきであろう。

一九五三年に発表された二つのエッセーは、戦後早い時期に書かれた文学的エッセーであったと見ることができるはずである。そしてそれ等は、両者共に沖縄の解放を考えて書かれたものであったが、その対象に、沖縄の伝統的な表現になるものを取り上げていたことから解るように、沖縄の戦後表現の出発が、奈辺にあったかを語るものともなっていた。

サンフランシスコ条約が発効して一年[14]、沖縄の基地化が急速におし進められていく中で書かれたこれらのエッセーが、伝統的な表現になるものを取り上げてなされたことの意味は大きいはずである。

三

一九五三年に発表された二つの文学的エッセーは、沖縄の戦後の出発を飾った表現と、沖縄の表現の可能性を求めるにあたっての問題となる視点とを取り出して論じたものであったと言える。繰り返せば、戦後表現の出発を二つの琉歌に求めたエッセー、そして琉歌を戦後的な視点から読み返そうとしたエッセーは、それぞれに「文化再生のエネルギー」を見ようとしたものであり、「未来展望のヴィジョン」に立ってのものであったと言い換えることもできよう。

一九五三年は、沖縄の表現の戦後について、問い始めようとした年であったかと思えるが、そのことをまた、もっともよく示したものがあった。『沖縄大観』[15]にまとめられた「戦後の文学」である。城戸裕、冬山晃の二人[16]によって書かれた「戦後の文学」は、敗戦直後の動向から一九五一年（昭和二六）までの文学について概観したものであった。これは、戦後最初の沖縄戦後文学の全体像を展望しようとしたものであった。[17]

「戦後の文学」は、まず「概説」を置き、「小説」「戯曲」「詩」「短歌」「俳句」「記録文学」というように、各ジャンルを見渡し、最後に、「文芸団体」としてサークル活動をも組み入れた、大層目くばりの広いものであった。

「概説」は、次のように書き出されていた。

太平洋戦争は沖縄を「死の島」にした。物を失い、同時に心をも失った。多年魂のより所としてきた祖国を喪った人々を、精神的に立ち上らせるためには文学が与って力があったと思われる。すなわち虚脱状態に陥った人々ではあったが、それ故にこそなお心ある者はそのむなしさの中から尊いものをつかんで、それを表現しようと焦った。死の中におのれを、おのれ達を、そしておのれをとりまくものを見出して、それを同胞にかざして示すことは、筆とる者たちの本能的な衝動であった。しかしそれをしばらく防げたものは、印刷機の皆無と、発表機会に恵まれなかったことであった。

「概説」は、そのように、沖縄が「死の島」にされたこと、そして「祖国」を喪失したというパセティックな言葉でもって書き出される。それは、周知の通り、軍民混在するなかで地上戦が戦われた土地であったこと、そして占領政策による日本からの施政権の分離という事態を指し示したものであろうが、そのように、沖縄の戦後は、「死の島」そして「祖国」喪失というかたちで出発したのであった。

焼土の中から「精神的に立ち上らせるためには、文学が与って力があったと思われる」と「概説」の筆者は言う。また、死の中で知ることの出来た「尊いもの」を表現したいと思う「焦り」、過酷な体験とその後の異常な事態とを「同胞」に指し示したいと思う「本能的な衝動」は強くあったが、しかし、そのような表現への「焦り」や「本能的な衝動」は、「印刷機の皆無と発表の機会に恵まれなかった」ことによって、しばらくは防げられていたとも言う。

「概説」の筆者は、戦争によってうちひしがれた人々の精神的な復活に、文学は力があったと言う。それは多分沖縄の演劇とりわけ組踊「花売の縁」等によって慰められた事態を指しているであろう。伝統的な琉球古典「文学」と共に、内間貫友が「二つの歌」で取り上げていた収容所内でいち早くうたわれだした戦後の歌は、「印刷機」等皆無の中にあって、口から口へと伝えられていき、人々の「精神的」なより所になっていったことは間違いないはずである。

「尊いもの」を表現しようとする「焦り」、あるいは「同胞」に訴えたいという「本能的な衝動」は、言ってみれば、組踊りや「二つの歌」とは別の戦後的な表現への目覚めであったと言えるであろうが、それ等がしばらくの間防げられたのは、しかし「印刷機の皆無」「発表機会に恵まれなかった」ということだけによるのではないであろう。

「米国海軍政府　布告第八号　一般警察及安全ニ関スル規定　米国占領下ノ南西諸島居住民ニ告グ」の第三条「新聞及印刷物ニ関スル規定[18]」第一項をみると、そこに次のような文句が出ている。

軍政府ノ許可証ナキ新聞、雑誌、書籍、小冊子又ハ書状ノ発行及印刷ヲ禁ズ。斯ル許可証ハ特期間又ハ継続期間ニ対シ与ヘラルヽモノニシテ軍政府ニ於テ其期間及条件ヲ決定シタル上之ヲ発給ス可シ。

俗に「ニミッツ布告」として知られるこの「米国海軍政府布告」の第八号が、一九四五年の何月に出されたのか不明であるが[19]、その規定は「約五ケ年にわたって出版業界にのさばっていた」[20]といわれる。

一九四六年（昭和二一）一月一一日、午前九時に始まった「諮詢会協議会〔言論の自由・部長人事・他〕」記録をみると、次のような会話が出てくる。

松岡委員
軍政府下に於ては言論の自由を認めず、法的には沖縄は未だ敵である。

軍政府に於ても両立の意見がある。一方は沖縄人に委して行く方、一方は未だ沖縄人に委す事は尚早で制しなければならないと云ふ方である。

軍政府で認めてない言論の自由、及び印刷物発行も認められて居ない。

田井等市で発刊された新沖縄（新聞）は軍政府の認めてないものであったから停止された。隊長は其責任を以て免職された。

石川市で然るべき新聞がある然も従来左傾思想を帯びた人々が居たと。

志喜屋委員長
社会事業部の週報を示したら軍政府（ワッキンス少佐）は然りと云った。

當山委員

文化部でも週報を発刊したいと思ふが新沖縄は何故停止されたか。
仲村委員
時機《（ママ）》の到来する迄で待つことにしようではないか。
護得久委員
ウルマ新聞《（ママ）》が公認されて若し意見があったら其れに公表せよとあったから時期を待つことにしよう。
松岡委員
記事の内容の問題でなく只許可になったかならないかの問題であると云って居る。

諮詢会協議会の記録は、「新沖縄（新聞）」の発行停止処分をめぐってなされたものである。そこで松岡委員は、「新沖縄（新聞）」の発行停止処分は「軍政府の認めてないものであったから停止された」というだけで、その理由を述べず「記事の内容の問題でなく只許可になったかならないかの問題であると云って居る」と答えているが、発行停止処分は「左傾思想」と関わりのあることをそれとなく示唆する発言をしていた。

いずれにせよ、はっきりしていることは軍政府が認めない限り「言論の自由」も「印刷物」の発行も出来なかったということであるが、そのような言論、出版に関する強い規制が敷かれていたなかで発刊されていたのに、護得久委員の発言にみられる『ウルマ新聞』（『ウルマ新報』の間違いであろう――注）がある。

『ウルマ新報』は、一九四五年七月二五日に創刊号を出した沖縄戦後初の言論機関紙であったが、その記事は「米軍政府情報部が提供する外電や対日戦の情報が大半を占めたばかりでなく、ローカルニュースは、英訳して検閲を受けなければならず、許可が下りるまでに四週間もかかった。半年後にスポーツと部落の移動祝いなど明るい行事に限って、現場で立ち合う係り将校の了解さえ得れば、掲載できるようになったが、あくまで『私見ははさむな』の達しであり、ちなみに創刊後の一年ぐらいは社説や論評の掲載も禁じられた」という。[21]

『ウルマ新報』は、一九四六年五月以降「軍政府の管轄から民政府へ移されて、民政府の機関紙」となっていくが、[22]一〇月一一日から「心音」欄が設けられ、そこにわずかながら、やっと詩、短歌、俳句等の文芸作品が掲載されるようになる。[23]

四

地上のすべてを砲弾で吹き飛ばされ、無数の同胞の死を前にして戦後を収容所から歩み始めた人々は、その中で得た「尊いもの」を表現したいと思う「焦り」を覚えながらも、さまざま規制によって、すぐにはその機会に恵まれなかった。

そういう中で、沖縄の伝統的な表現になる歌がいち早く復活し、人々の口から口へと歌いつがれていったのは、沖縄の戦後の出発の一つの大きな特色をなすものであったと言えようし、その意義を問うエッセーが書かれたのも当然であった。

　城戸裕、冬山晃の「戦後の文学」は、そのことについて少しも触れてない。それは、伝統的な表現の意義を認めなかったということよりも、「戦後文学」という枠にしばられすぎたことにあろう。

「戦後の文学」は、「戦後の皮切り」をした小説として、一九四九年（昭和二四）三月『月刊タイムス』に発表された太田良博の「黒ダイヤ」をあげていた。太田の作品は、「マレー戦線に見た黒ダイヤのような瞳をもった純真なインドネシヤ少年と日本人従《ママ》軍記者との純粋な愛情をセミドキュメンタリー手法で描いて成功したもので、詩人たる作者の表現も美しく、記録文学に伴う退屈さをも克服している」と評された。

　四九年になると、そのように戦後的な作品としての評価を受ける小説が登場してくるが、それは、ようやく出版機構が整い始めていたことと関係している。

　その時期について、「沖縄の文学」は、次のようにまとめている。

> 沖縄の復興も物質面が整ってくるにつけ出版界もようやく賑わい、新聞として『うるま新報』についで『沖縄タイムス』（一九四八年七月）、『沖縄ヘラルド』（一九四九年十二月）、『琉球日報』（一九五〇年十一月）等が発刊され、雑誌として『月刊タイムス』（一九四九年二月）、『人民文化』（一九四九年三月）、『うるま春秋』（一九四九年十二月）等が、それぞれの抱負の下に誕生した。新聞は週刊から一週二刊、

三刊、そして漸次日刊まで漕ぎつけた。

文芸作品の発表も、この出版の復興を追うて増えて来たが、その興隆の跡をたどって最も著しく目につくのは、各出版社乃至文化機関によって企画せられた懸賞募集により、多数の新人の登場を得たことである。

一九四八年（昭和二三）から一九五〇年（昭和二五）にかけて、右に見られるようなかたちで、さまざまな刊行物が発刊されていく。[24]「作家座談会　沖縄の戦後文学について[25]」の中で、大城立裕氏は「四八年から五〇年にかけて、その辺が戦後の第一次のピークですよね」と語っているが、とりわけ四九年は、注目すべき作品があらわれた年であった。

その一つは、先に紹介した新人太田の作品「黒ダイヤ」の出現である。[26]

小磯内閣のとき独立を容認されたインドネシヤが興奮していたのは一年程前のことであった。それから独立準備委員会ができ……、そしてつい最近のことである。仏印の××で南方軍最高指揮官寺内元帥とインドネシヤの指導者スカルノ、ハッタ両氏との間に秘密裡に協議が遂げられたのは。

そして週を出でずして、ある重大声明が此の二人の民族運動の指導者によって全インドネシヤに発せられようとした寸前……東京から沈痛な放送が……。

それ以後のインドネシヤは混沌だった。

日本軍の軍政から、英軍の進駐へと政情が激変する中で、独立戦争へと踏み出していくインドネシヤを舞台に「原地人に日本語を教えたり、マレー語の通訳のような任務を持っていた」自分と、「近代的なオランダの教育を受けるため」生地の城下町を離れ、バンドン市の中学にやってきていたパニマン少年との短かかった関係を回想したものである。

黒ダイヤのような輝く瞳を持っていた美少年パニマンは、急転直下する政変の中で、革命軍に身を投じていくが、彼等は、レバノンの山岳地帯で一敗を喫し、南方に退却して行く。道路警備にあたっていた「私達」の前を、退却していく武装団は、まるで落武者の群のようであるが、その中にまじって、汗と土にまみれ、帽子もなく髪も乱れ、やつれはてた姿で銃を手にしているパニマンがいた。パニマンは、自分のいることに気づき、近づいてきて「スサ」[27]という言葉を残して去って行く。

作品は、そういう「美しい青春と純潔を民族のために捧げて血と埃の中で銃をとってたたかう、傷ましくも健気な」一少年への「哀傷」を書いたものであった。

戦後の文学の大き特色の一つは、外地を舞台にした作品が、数多くあらわれてきたことにあるが、沖縄の場合も、「黒ダイヤ」のように、インドネシヤを舞台にした作品がまず出て来たのである。「黒ダイヤ」は、そういう意味においても、戦後の「皮切り」にふさわしいものであったし、また「独立」を目指した戦いを扱ったということでも、新しいものであった。

「黒ダイヤ」は、作者が後に回顧しているように、[28]「荒廃した戦後の沖縄の状況のなかから、ムルデカ（独立）の熱気にわきたつインドネシアへの憧憬」によって書かれたものであるが、しかし「主人公の少年像を前面に大映しにして、独立戦争を背景におしやった」ものになっていた。独立戦争は、説明に終わり、一少年への「哀傷」のみが目立つものになっていたのである。

太田は「黒ダイヤ」によってその登場を印象づけたが、その前に、すでに幾つかの詩篇を発表していた。[29]その一篇に「那覇」がある。「那覇」は、廃墟と化した那覇の市街をうたったものであるが、その廃墟から「知性の不死鳥が、しずかに羽博く日を期待する」とうたうと共に、その廃墟の「現実の中から、何か新しい生命を模索しよう」とうたっていた。

それは、一九一〇年前後に詩的出発をし、戦後いち早く作品を発表した山田裂琴や上間草秋等の作品とは明らかに異なるものがあった。裂琴や草秋等の作品は、生き残ったことの感慨をしみじみとうたったものであった。[30]太田は、そのような感慨をふりすて、未来を翹望する詩篇を発表していたのである。太田は、そういう意味で、小説よりむしろ詩篇によって評価されるべきであった。

太田の「黒ダイヤ」と共に、あと一つ注目すべき小説が、同年に発表されていた。それは、裂琴、草秋等と共に詩的出発をし、一九一一年（明治四四）『ホトトギス』に発表した「九年母」で話題を呼んだ山城正忠の絶筆[31]「香扇抄」である。

「香扇抄」は、米軍の上陸が予想される沖縄からいち早く一人で九州の山村に疎開し、その山村でも空襲警報が出るようになると一番に避難し、十・十空襲の後にやっと沖縄から出てきて一緒になった妻子からも「利己主義」だと言われ、村人からも笑われている主人公が、ある日、予科練に行っている弟のために扇子に揮毫をお願いしにきた男の持って来た扇面に、おもむろに「香扇渡廊」と書いて渡したというものである。

主人公勇吉は、表面にS将軍の石版刷り「必戦必勝」の文字の入った扇子を受け取り、その裏面に「香扇渡廊」と揮毫するが、その前に、扇子にまつわる故事を思い浮かべる。

その一つは、ゴンチャロフの『琉球紀行』と関連するもので、通事を中にして会談した際、露国の人から「貴国にはどんな武器があるか」と問われ、その問いに間髪を入れず、琉球の役人が「ただこれあるのみ」と言って扇子を示した、というようなことである。あとの一つは、『中島宗次記』にみえるもので、扇子の五明すなわち五つの用途と関わってのものであるが、そのうちの一つの用途について触れた後、次のように書いている。

げに、扇子は平和の象徴であり、嘗てはナポレオンをして、驚嘆せしめた「武器なき琉球」こそ、永遠に、世界人類を平和にみちびく民族であり、地球浄土の建設に先立つ聖地である。しかるに、今ではもう、「扇子の楽土」が「修羅の巷」と化し、あやまれるサムライ日本の国士たちは、それをもかへりみず、ひたすら、敗色の糊塗に狂奔して、ほろびゆく国家のため、落日をまねきかえそうとしている。

勇吉は、表面に「必戦必勝」の文字の入った扇子の裏面に、「香扇渡廊」と書いて男に渡す。男は、見識のあることを示そうとして、その書体は「顔氏流」、文面は「唐詩選」から採ったものであろうと言い、「香扇廊を渡るとは、実にけんらんたるものですね」といって喜ぶ。

勇吉は、男が帰って行った後、声をたてて笑う。妻がいぶかしげに、どうしたのだと問う。勇吉はそれに答えず、「唐詩選」が出たり、「香扇をかざした美人が廊を渡ったり」で、なかなかたくましい空想力のある男だと、帰った男の評をする。妻はまた「それはなんのこと」だと問う。その後に、次のような会話と地の文が続く。

「天下のひみつさ。それがわかった日には、おれもおまえもこうしては居れんぞ。昔ならさらし首だ」

「まあどうしましょう」

勇吉は、心の中で「コウセントロウ」を反すうして、ひとり悦に入っていた。

勇吉が、男の持ってきた「必戦必勝」の文字の入った扇子の裏面に書きつけた文字「香扇渡廊」は、「唐詩選」にみられる詩句などではなかった。

「唐詩選」の中の一句に間違われるようなその文言は、勿論「香扇をかざした美人が廊」を渡る「けんらんたるもの」などではなく、「昔ならさらし首」になるような意味のあてられた言葉であった。作者は、それを「コウセントロウ」と片仮名表記し、勇吉に口づさませているが、それは同音になる「好戦徒労」が重ねられたものであった。

米軍上陸が予想されるとすぐに疎開し、疎開地では空襲警報が出ると誰よりも先に避難してしまうような男の行為は、単に惰弱のせいであったのではなく、戦争そのものを最もにくみ、厭うところからあらわれてきたものであったのである。主人公の名前を、勇吉としたのも、そのことと関わっていよう。

「香扇抄」は、「反戦小説」とは言えないまでも、「厭戦小説」であることは確かである。太田の作品が、革命への「憧憬」によって書かれたものであったとすれば、山城の作品は、平和への「希望」によって書かれたものであったと言えるであろう。

革命への「憧憬」も、平和への「希望」も、焦土と化し、帰属を失なってしまったことによって、いよいよ強くならざるを得なかったはずである。そしてそれらは、一方が「文化再生のエネルギー」、他方は「未来展望のヴィジョン」と関わって書かれていたと言うことが出来るであろう。

新人太田の作品が、戦後の小説の「皮切り」となったと言われるのも、遺作となった山城の作品が注目されるべきだと言うのも、それぞれに「文化再生」「未来展望」と強く関わって書かれていたことにあったし、それ等はまさしく、沖縄の戦後の文学の初発を飾るにふさわしいものであったと、みることができるはずである。

〈注〉

1　嘉陽安春著『沖縄民政府—一つの時代の軌跡』「第二章　一九四五年八月十五日—住民代表者会議開く」。

2　「1仮沖縄人諮詢会〔委員候補選出〕七、副司令官ムーレー大佐声明」（『沖縄県史料 沖縄諮詢会記録 戦後1所収）。同声明は、嘉陽著前掲書にもみられるが、嘉陽著には「連合軍総司令官の監督の下に国を治める」の後、すぐに「戦争が済んだら沖縄の復興も」と続いている。しかし「声明」には、両文の間に「連合軍司令マックァーサー将軍が代表者として任命され署名し、それから日本の当局者が署名する」という文面がある。また嘉陽著は「軍人として二七年間」になっているが、「声明」には「二八年間」とある。

3　「仮沖縄人諮詢会設立と軍政府方針に関する声明（別紙）」参照。『沖縄県史料』前掲書所収。

4　大田昌秀編著『総史沖縄戦』によれば、「一般に守備軍首脳の自決によって沖縄戦が終結したかのようにいわれているが、これは誤りである。その後も米軍による掃討戦や新たな攻撃も続いており、実際に沖縄戦が終結するのは、一九四五（昭和二〇）年九月七日においてである。そのことは、米軍の記録にも明記されている」という。

5　嘉陽安春著前掲書「第一章　序説」参照。

6　「青空教室」『沖縄の証言〈激動の25年誌〉上』所収参照。

7　「初校一年—八年読方教科書教材」『琉球史料　第三集　自一九四五年至一九五五年』（琉球政府文教局）所収参照。同集の（五）教科書、（一）初等学校教科書編纂方針の項に「編修ニ当ッテハ特ニ左記ノ事項ニ留意シタ」として「一、偏狭ナル思想ヲ去リ人類愛建設ニ燃ヱ新沖縄建設ニ邁進スル積極進取ノ気塊ト高遠ナル理想ヲ与エルコト。二、沖縄ノ向上ヲ図リ其道徳、風習、歴史、地理、産業、経済、衛生、土木等ニ関スル教材ヲ多ク採リ以テ教育ノ基礎ヲ基盤ニ置クコト。三、東亜及ビ世界ノ事情ヲ知ラシメ特ニ米国ニ関スル理解ヲ深クスルコト」等十項目にわたる「留意」事項がみられる。また『沖縄の証言』前掲書に「教科書編さん所員、ついで文教部編集課長をつとめた仲宗根政善氏が、教科書づくりの思い出を次のように語っている」として「ハンナ隊長によって、教科書編集委員が集められ、編集方針として①軍国主義的な教材を除く②超国家主義的なものを除く③日本的な教材をのせてはいけない―という三点が示された」とある。

8　金城朝永「最近の沖縄研究の傾向と情勢―琉球研究史の一節―」『金城朝永全集』下巻　民俗・歴史編所収。

9　『おきなわ』No. 三二　第四巻第八号所収。

10　「沖縄戦場小唄」は、次のような歌である。

(一)　懐《なつか》しや沖縄《うちなー》、戦場《いくさば》に為《い》と居よ
　世間《しきん》お万人《うまんちゅ》の、流す涙
　我《わん》許せ、島行《んじ》き来《く》（二番以下は略す）
(二)　涙呑《ぬ》で我身《わみ》や、恩《うん》納山登《ぬぶ》て
　お万人と共に、戦忍《しぬ》じ
(三)　恩納山下りて、伊地村や過ぎて
　今《なま》や屋嘉村に、滞《ゆる》で泣きうさ
(四)　彼女《んぞ》や石川《いしちゃーぬ》の、茅葺《かやぶち》の長屋
　我身や屋嘉村の、砂地《しなじ》枕
(五)　憐《あわり》れ屋嘉村の、闇の夜《ゆ》の烏《がらし》

親居《うやう》らぬ我身や、泣かでうつみ《おられよーか》
（六）わが胸《んに》の苦し《くち》さ話し《ち》話さらぬ
面影《うむかじ》と共に、夢《いみ》に知らさ
（七）心勇める《くくるいさみゆる》、四本入り煙草
淋しさや月《ちち》に、流れ行ちゆさ
（八）憐れ屋嘉村の、闇の夜の鳥
飛び立つる月日《ちちひ》、お《う》待ち難《ぐり》さ
（九）飛び立つる時《とち》や、彼女が家《や》に行ちゃい
世間お万人と、話し欲《ぶ》さぬ
（十）戦世《いくさゆ》や忍《しぬじ》き、弥勒世《みるくゆ》ややがて
喜《ゆるく》ぶる時《とち》や、祝いさびら

11　「終戦口説」は、次のようなものである。

（一）去る昭和十二年七月に、支那うて起りて始またせ（サ・サ）支那と日本の争いに為やびたん
（二）支那の大国打ち負かし、大東亜の一等国民為ゆんりち（サ・サ）腕上げ袖あげ、様々の憐れ　さびたん
（三）憐れ様々重なゆるうちに、日本・ドイツ・イタリアと（サ・サ）三国同盟うち結で大戦
（四）去る昭和一六年、十二月八日の未明に、ハワイにかい（サ・サ）日本海軍うちよせて勝戦
（五）其れから南の島々と次々に神出鬼没に現われて（サ・サ）敵の前線撹乱し花ゆ咲かし
（六）勝利や日本に有んりやい、様々と新聞記事に花咲かし（サ・サ）憐れな国民煽てやい、今のごとに
（七）いるうちするうち戦局やうち変て、アッツ・サイパン・硫黄島と、オキナワまでも、敵の手んかい渡やびたん

（八）去る昭和一九年三月に、いよいよアメリカ海軍や、飛行機ブーブー、オキナワ島よ襲やびたん
（九）いるうちするうちアメリカの大軍や、日本本土に向きやい、艦砲射撃やあまくまに打ちあげて
（十）うねまたするうち新式の爆弾うち、広島長崎両県かい落とちやる爆弾、草木までも枯らすんり
（十一）汗水流ちよて働きやい求みてる、長年辛苦に重ねやい築きあげてる財産や、如何なゆら
（十二）信頼しちよる軍隊のする仕様、始めて分たる国民や、泣ちんうららん休まらぬ、あきさみよ
（十三）原子弾のおとらさよ、ひるまさよ、世界の変動打ち止めて、嵐の後の静けさや、走ち来やびたん
（十四）昭和二〇年八月の十五日、世界の戦んけ済まし、時代も変たい、生れかわて花ゆ咲かさ
（十五）生別れさる親兄弟に尋ねやい、互いに涙で語ゆしん、何から語れ済まさりか懐かさぬ

12 『おきなわ』No. 二九　第四巻第五号所収。

13 伊波南哲は、当間のその指摘におおいに啓発されたとして「『沖縄の文学的考察』を読んで」（『おきなわ』No. 三三　第四巻第九号所収）を書いている。

14 「対日平和條約」（一九五一年九月八日調印一九五二年四月二八日発効）第三条によって、北緯二九度以南の南西諸島は「合衆国を唯一の施政権者とする信託統治制度」下におかれ、一九五三年四月三〇日「講和条約第三条に基く琉球列島に於ける米国の権限に伴う布告」によって「米国が行政、立法、及び司法に関するあらゆる権利を行使している」ことを「琉球列島の住民に対し」として出している。『琉球史料第一集』参照。

15 一九五三年四月四日印刷発行。編集代表者　沖縄朝日新聞社　西銘順治。

16 城戸裕は大城立裕、冬山晃は城間宗敏のペンネームである。

17 「かねがね折を見て深めてみたいと望んでいたことで、沖縄を舞台にしたりあるいは沖縄人を主人公にした文芸作品のうちから、主として小説や詩、なおこれに関連して演劇や映画などについても紹介してみたい」として、

一九四八年から四九年にかけて『沖縄文化』(一〜一四号)に、金城朝永は「琉球に取材した文学」を連載している。金城のそれは、『椿説弓張月』や『琉球と為朝』等から「さまよへる琉球人」や「亡び行く琉球民族の悲哀」(「滅びゆく琉球女の手記」の誤り—注)等、明治以前から大正期にかけ、さらに昭和戦前、戦中、戦後にまで及んでいるが、それ等は主に、中央で発刊されたものが中心になっている。

18　『沖縄県史料』前掲書、「Ⅱ沖縄諮詢会関係文書1ニミッツ布告」参照。

19　「ニミッツ布告」は「年　月　日」とあるだけで、すべて(日付)があいている。

20　新城安善「〝心〟の出版文化は可能か—戦後沖縄の出版概要—」『青い海』第一一巻第二号、一〇〇号記念。

21、22　『沖縄の証言〈激動の25年誌〉上』「新聞の復興」参照。

23　仲程昌徳「沖縄の戦後文芸・附作品一覧表—『うるま新報』一九四五年〜一九五一年—」昭和五九年度特定研究紀要『戦後沖縄における社会行動と意識の変動に関する研究』所収。

24　沖縄本島だけでなく、八重山においても「(昭和)二三年には雑誌『南の星』『新世代』、二四年には『青い鳥』『若い人』などの雑誌が相次いで創刊され」ていて「人口数万人たらずの八重山で、これだけの雑誌がいずれも短命にせよ創刊されたということは、沖縄の出版の歴史を考える上でも特筆されていい」といわれるほど出版が盛んになる。佐久田繁、仲程正吉、桑高英彦、太田良博「〈座談会〉〝出版王国〟沖縄いまむかし」『青い海』前掲書所収。事情は、宮古でもほぼ同じであったかと思われる。

25　星雅彦、船越義彰、大城立裕、嘉陽安男、伊佐千尋による座談会記録、『沖縄公論』第四号所収。

26　岡本恵徳「沖縄の戦後の文学」『現代沖縄の思想と文学』所収。岡本も、「黒ダイヤ」を「小説の面では戦後の作品の嚆矢」をなすものとしてみている。

27　太田は「Soesah(スサ)」について、文中で「普通インドネシヤが困った時とか、苦しい時に云うこの簡単な言葉」

と書いている。

28 「見ぬかれていた作品の本質」（あの頃のわたしと作品）『新沖縄文学』三五「特集・沖縄の戦後文学」所収。

29 岡本恵徳前掲論文。岡本はそこで、「小説『黒ダイヤ』で新鮮な感覚をみせた太田良博は、『那覇』や『姫ゆり！／それはかつてヴェルダンに咲いたというケシの花よりもっと可憐で血なまぐさい』で始まる、戦場で散ったひめゆり部隊の乙女たちをうたった『無言の歌』（一九四七年九月一二日付『うるま新報』）など、主として『うるま新報』の『心音』欄に多くの作品を発表し、そのあざやかなデビューは注目を集めた」と書いている。

30 山田裂琴は「述懐」（裂きん生）として「艦砲にくづほれし丘の蔭にしてみんみん蝉鳴けり大き蒼空」「立枯の樹木そこそこにひこばえて戦ひ〇〇や年過ぎつけり」（一九四六年一一月一日）等他三首、上間草秋は「戦後故郷」として「ふるさとはいかに〇るもなつかしや　鳥さえ渡り啼《な》くにあらずや」「大いくさおえて少女ら踊るなり初めて涙わがほほをつとう」（一九四七年四月一一日）等の歌がみられる。（〇印は不明）

31 『うるま春秋』創刊号、Vol.1 No.1 に発表された。同誌「編集後記」に「山城正忠氏のその作『香扇抄』ははからずも絶筆となったが、生前にせめて、ゲラ刷りでもお目にかけておくんだったと、まことに残念に思う。あの年になるまで氏ほど文学を愛し、また実践した人も沖縄では少い、氏が歌に、書画に、またてん刻に秀でていたことは既に一般の知るところ、氏の略歴は」として、簡単な紹介がある。

揺籃期の児童文学

――戦後沖縄における児童文化運動の展開

はじめに

琉球新報社編『ことばに見る沖縄戦後史　1』は「アメリカ世」に始まり「P・W」「ギブ・ミー」といった項目が続いていく。この三つの「ことば」は、少なくとも戦前にはあまり馴染みのない「ことば」であったはずである。

沖縄の戦後史を言葉でたどろうとしてそこに取り出されてきたのが、これらの「ことば」であったということは、沖縄の戦後が、いわゆる「大和世」とは異なるかたちで始まっていったことをよく示していよう。

耳慣れない「ことば」は、またその時期の動乱ぶりをよく映し出していた。とりわけそのことをよく語っているのが「ギブ・ミー」である。『ことばに見る沖縄戦後史　1』の「ギブ・ミー」の項には、次のような文章が見られる。

米兵のジープが通る。ハダシ、ボロ服をまとって待ちかまえる子供たちが、ワァーッとジープにむらがる。口々に「ギブ・ミー、シガレー」「ギブ・ミー、チョコレー」「ギブ・ミー、チューインガーム」と手を差しのべる。ジープの米兵は、おもむろにポケットから「たばこ」やチョコレートを取り出して地面に放り投げる。

子どもたちは歓声をあげ、血眼で競って拾い始める。終戦後、沖縄のどこでも見られた光景だ。

敗戦直後の子どもたちの様子をよく伝えるものである。米兵の通りかかるのを待ちかまえていて手をさしだしていく飢えた子どもたちの姿がそこには活写されていたが、仲宗根政善の『石に刻む』に収められたエッセー「命と清水の飢え」には、また次のような子どもたちの姿が写し出されていた。

石川は数万の住民が収容されて、蛮人の小屋のような小屋と、テントがぎっしり建ち並び、男も女も服装の区別もなく、アメリカ兵の着古しのズボンをはいて、夢遊病者のようにうろついていた。六、七歳ぐらいの少年たちがだぶだぶの黒人兵のズボンをひきずりながら、スパスパ煙草をふかしてこまちゃくれているのを見たときは、たえられなかった。

（中略）

車が石川を発ち、仲泊冨着を過ぎて、しばらく走った頃であった。小高い丘の上に、米軍の大きな塵捨て場があり、黒煙白煙が渦巻き、塵を満載した米軍のトラックが、行き来していた。真近にせまった時、あまりにも異様な情景に目をふせた。塵を満載した米軍のトラックが、塵をほうりすてるその周辺の煙のもうもうと渦巻く中に、よれよれの服をまといぼろぼろの袋をさげた無数の小さい乞食の群れがたかり、血眼になって、塵の中をあさっていた。この小さい乞食の群れは、石川の金網を抜け出て群をなして、食糧をあさりにここまで来ていたのであった。皆、われわれの教えていた国民学校の学童たちであった。

仲宗根は、そのあと灰燼に帰した名護の町にはいっていくが、そこでもまた「小さい乞食の群れがむらがっていた」光景を目にする。そして、その中の一人「袋を下げた少年が、飛びつくように車によって来て」「主事先生」と自分を呼ぶ声を耳にする。

「小さい乞食の群れ」との遭遇は、二度と戻るまいと思った教職にたちもどるきっかけを仲宗根にあたえたものであったが、そのように、米兵に手を差し出す子どもたちをはじめ煙草をスパスパふかす子どもたち、塵捨て場に群がる子どもたちが敗戦直後の子どもたちの姿であったといっていいだろう。

一　「こども版」の登場

一九四七年（昭和二二）一二月一九日『うるま新報』は「社告」として「本紙こども版発行」の見出しで、次のように報じている。

沖縄永遠の発展幸福は人材の養成にあり特にその将来を双肩に担う子どもの教育は一日もゆるがせに出来ない大きな問題でありますが戦後子供に適当する読物がなく不自由しているのに鑑み本社では新年度より週刊紙うるま新報こども版を発行したいと思います。つきましては左記要項参照の上学校単位に申込まれ度く各初校のご面倒をお願い致します

子供たちに適当な読物を与えたいとして「うるま新報」社は、「こども版」の発刊を行うと宣言、左記要項として「毎月曜日発行　創刊号は一月五日」であることを掲げ、紙面についても「初校高学年生向に編集し適宜低学年向を挿入」するようにしたといったことのほかに定価、申し込み先、備考を付していた。

「うるま新報　こども版」の刊行が、予定通りになされていたことは間違いないが、現在目にすることのできる『うるま新報　こども版』は、一九五〇年（昭和二五）一月一日に刊行された第八九号から同

年七月七日に発行された第一一六号までである。『こども版』の紙面がどうなっていたかのそのおおよそについては、残っている紙面から推測するしかないが三月一七日刊行された第百号に「百号までのこども版の足あと」といった見出しになる記事があって、そこに次のような文章が見られる。

一九四八年のお正月にこども版第一号が生れてからこんにちまで二年三カ月ついに今日皆さんに百号をお送りすることができた。この二年あまり皆さんとたのしくすごしてきたことを心からよろこぶものである。
百号にわたるあいだにとり上げたヨイ子たちの作品はぜんぶで二三五へん、そのうち作文が七四へん、どうよう二九へん、ハイクや和歌が九二へん、笑話二八へん、ハテナ?十二へんとなっているが、これらの作品は男女生徒がそれぞれ半分ずつ作っているのはおもしろいことだ。

こども版は、子供たちの作文、童謡、和歌、俳句等を毎回掲載していたことが右の引用からわかるが、そのほかに「学校めぐり」をはじめ子どもたちの教材、レオ・トルストイの童話「オオカミと弓」やグリム童話「ジメリの山」といった世界の童話の掲載、さらには仲宗根政善の「偉大な文学者　伊波普猷」といった「郷土の偉人」を紹介した読物、島袋全発の「ペルリ将軍の来島」といった郷土の歴史を紹介した文、ときに次のような詩などを掲載していた。

よくぞうるまにうまれたる

池宮城せきほう

よくぞうるまにうまれたる。
スイスに生れたより
イタリーに生れたより
オキナワに産れたことが
ほんとにありがたいと
次代の児らにかんしゃされるように
みんなみんな努力し
はげみましょう。
まず各村に苗ほをつくり
全沖なわをみどりにする
森の町、森の村
小鳥が子守うたをうたい
せゝらぎがそれに合唱する

そういうオキナワをつくりましょう。

海の中のうねには
おさかなのパパさんや
ママさんのスイート・ホームになるべきよきすをあてがい
おさかなのベビーちゃんを
きずつけないようにしましよ

アメリカ人のように人を愛し
スイス人のように自然を愛し
日本人のように子供をだいじにし
聖フランシスのようにすべてのものを
兄弟姉妹としたしみ
あせを流し、どろにまみれ
みんな、みんな仲よくして
「よくぞうるまに生れたる」

かがやかしい次代をつくりましょう。

池宮城の詩が掲載されたのは、彼が「放浪の詩人」としてよく知られていたことによるであろう。仲宗根や島袋もまた、それぞれによく知られた学者であった。子供たちの知識や情操の育成のために、彼らの詩・文が求められたのである。

「うるま新報　こども版」の登場は、ひとつには「子供に適当する読物がなく不自由している」ことをみかねての発刊であった。「こども版」が、子供たちの作品だけでなく、名作童話や郷土の歴史、偉人伝を掲載したのもそうした意図からでていたといっていいだろう。

「こども版」の創設が、一部の子供たちに与えた影響を無視することはできないが、子供たちを取り囲む環境はなかなか良くなっていかなかった。五〇年二月二四日の「社説」は「子供の読み物と見せ物」の題で論じているが、それは次のようになっている。

現在子供は娯楽に飢えている。大人の世界は集って無駄話しや馬鹿ばなしに冬の夜長も更けるであろうが子供の世界はそれとは異なる

眼で見、手に触れて遊びをするか、何か読み物を読み夢の国をさまようかするのでなければ子供は満足しない

今彼らの見るものは大人のための芝居や映画であって、大人の色恋ものや世間的欲望の相こくなどは子供には理解出来ぬことであり、たのしむことの出来ないものである。というよりもむしろ大人の邪悪な心をのぞかせる以外に、何の得るところのないものである。ピストル強盗の芝居や不思議な大人の愛欲の姿をぶしつけに子供に提供するということは、一般父兄の充分顧みねばならぬところであろう。

一方街頭にはん濫しているエログロ読物は青春期の中高校生徒にみ力のあるこのもしくない本であることに何人も同意するであろうが、かゝる本も間隙をねらって本屋の店頭をにぎわしている。

青少年のためによき心の糧を与えることゝ、少年のために快く疲れることの出来る遊び場を作ってやることが、教育的活動の最も大きいものゝ一つであろう。

文教当局や教育連合会当りが主導性を握り、この運動を具体的に展開出来ぬものであろうか、かくてこそ校内教育をつちかう地盤が出来るのである。

この、子供たちの教育、読書環境が劣悪であることを論じ、その改善を求めた「社説」が、引き金になったかのようにして生れてきたのがある。「児童文化協会」である。

二　児童文化協会の発足

一九五〇年（昭和二五）四月一一日付き『うるま新報』は、「初中校生を会員に　児童文化協会　五月五日子供の日に誕生」の見出しで、次のような記事を出している。

終戦このかた物心両面に恵まれなかった児童達に世の識者が深く同情を寄せている折、川崎信志、川平朝申、名幸芳章氏等の手によって児童文化協会を結成、児童を対象としての文化運動を展開しようとする美しい気風が醸成されつゝある。氏らの描く構想は志喜屋知事以下知名士数十名の賛助を得て□□□学務課や教育連合会の後援で全島十三万の初中校生を傘下に児童文化の昂揚につとめようというもので、実演童話や紙芝居の普及及び放送童話、放送児童劇の研究その他音楽、絵画、童謡、舞踊、綴方等多方面に亘る事業内容を盛っており、発足の初年度内に児童会館も建設すべく意気込んでいる。なお来る五月五日の子供の日を期して盛大な発会式を挙げるが同協会今後の活躍は大きく期待されている。（□箇所は文字不明　以下同）

「うるま新報　こども版」もまた四月一四日に「五月五日〝子供の日〟にけっせい　ぼくらの文化協会川崎信志先生たちがけっせい」の見出しで、金武湾で「こども童話会」をつくり「童話のおじさん」として親しまれている川崎信志先生が、子供たちにもっと楽しみを与えようと考えて「児童文化協会」を結成すること、川崎先生をはじめ他の先生方が各地をまわって、面白い童話、紙芝居を実演、放送童話、放送劇をはじめ音楽、図画、童謡、綴り方などの指導にあたるのでたのしみに待っていてくださいとの記事を出している。「児童文化協会」は、記事に見られる通り、五月五日に発足するが、発足の前に活動を開始していた。

四月一八日付き『うるま新報』は、「子供らに喜ばれる〝紙芝居〟学校行脚 児童文化協会が初の試み」の見出しで、四月一六日、川崎、川平、名幸の協会幹事等に小波倉政光（学務課長）、喜屋武真栄（視学）、新里清篤（教連主事）、親□嘉栄（壷屋校長）を交え、「軍政官府情報教育部長タル氏の斡旋で入手した日本製紙芝居脚本の鑑賞会」を行なったこと、「脚本は児童教育上最適である」との太鼓判が押され、近日中に試演会を行った上で、学校行脚に乗り出すことになったと述べ、その「脚本名」を網羅している。そこに挙げられているのはマッチ売りの娘、エデンの人形、利巧な象さん、フクちゃんのホームラン、手をふる機関車、獅子帰る等で、その後に川崎信志の談話がとられている。川崎はそこで「協会がこの紙芝居を通じて子供に健全な娯楽を与えながら美しい絵画や物語により情操の陶冶の面で微力を尽くしたい」と述べている。

四月一六日の「鑑賞会」に引き続き一七日には、川崎、川平、名幸の三名に開南、壷屋初等学校の先生方が加わり「児童文化向上を語る放送座談会」を開いている。座談会での討議の結果「児童の情操を醇化するには言葉の修練も兼ねて全島的に童話を盛にし、紙芝居脚本を日本から取入れて之を活用すること、児童の芝居小屋入り映画館浸りは百害あって利なしとして世の父兄の猛省を促す」といった結論に達したこと、その録音を一七日の晩八時から放送するといったことが報じられていて、協会は、その発会式前から活動を始めていたことがわかる。また、四月二六日には、壷屋初校で紙芝居を試演、二七日から三日間首里の各学校を回り、翌週からは地区内の初中校を回る予定であるというように、紙芝居の巡演活動も始めていた。

児童文化協会の発足が待たれていたことは、四月二八日、「社説」で取り上げられていることにも現れていよう。「児童文化協会の発足」の見出しになるそれは、次のようになっている。

　米軍毛布にくるまい雨漏りで夜半に目覚める小舎に住み、配給の日を待ちあぐねている心では、児童の教養などにかゝわっていられなかったかも知れないが、それにしても終戦後笛吹けど踊るものなく幼いものたちへの一般の無関心は、何としても沖縄の不面目でなければならない。

　各級学校が次々に建設されたではないか、と言う勿れ、学校は学校であって学校は児童生活の部分に過ぎないことを衆人は知ろうとしない、或は知っていても面倒だとして外っぽをむくのでもあろうか。

　それは兎も角、近く児童文化協会が誕生するということは心からよろこびたい。校外の娯楽に恵まれぬ彼等幼き者たちは、父兄が連れて行かなければ潜りで陰惨な或はエゲツナイ大人の世界の芝居を垣間見ている、ピストル強盗や与太者を舞台にみては、そのスリルに邪心を育むことを父母は見過ごしている。

この時に貧しい紙芝居たりとも、児童文化協会が巡演するということは善き哉！幼少の心は動かぬ紙の上の絵で大人の幾倍かの幻想を持つことが出来る。それは最小限度の娯楽機関であるが、これを始発点として児童文化を開拓する運動が発展することを心から希望するものである。之れには特に初等学校当局が多大の関心を寄せて欲しいものである。

貧しい生活のなかでは子供に無関心になるのもわからぬわけではないが、その環境が劣悪であることを見過ごして欲しくないといい、そのようななかでの児童文化協会の設立は喜ばしいことであり、児童文化の開拓をこころから希望するとの期待の弁が寄せられた、五月五日がやってくる。『うるま新報』は、その日「児童文化協会　今日発会式」の見出しで、午後一時から発会式を挙行、引き続き「子供大会」を行うことから盛会が予想されると報じ、また「社説」でも「戦後野放しにされて顧みられなかった子供たちのために児童文化協会がいよいよ今日誕生し、子供大会を持つということは沖縄文化史の一つの里程標になるであろう」との期待の言葉を記している。

五月六日の新聞は「世界に伸びゆく児童文化協会誕生」の見出しで、当日は「首里、那覇、真和志、泊の学童及び一般の数一千を越す賑い」であったと、五月五日の発会式の様子を伝えていた。

三　児童文化協会の活動

五月五日、発会式を挙行した児童文化協会は、どのような活動を展開していこうとしたのだろうか。

五月五日付き「うるま新報こども版」は、児童文化協会が「明るく、のびのびした子供にそだてるために作られたもの」であること、新里清篤、喜屋武真栄、川平朝申、川崎信志、名幸芳章の先生がたがメンバーであるといった紹介のあと、「これからあと皆さんの学校をまわって紙しばいを見せて上げたり、童話をきかせたりするほか、放送げきや、放送童話のけんきゅう、音楽、ずがなどと皆さんができる文化運動のことについていろいろとおせわ下さるそうです」と報じていた。これは、四月一四日の記事と重複するものであるが、児童文化協会の活動内容がよくわかるものとなっているはずである。

児童文化協会の活動が、紙芝居を見せたり、童話を聞かせたりするといったことを中心にして始まったことは、発会式前の紹介記事に見られた通りであるが、七月六日には「夕涼みに幻燈　今晩壷屋校で試写会」の見出しで、次のような記事が掲載されている。

沖縄児童文化協会川崎信志氏はこのほど日本から幻燈機一式（童話並に教材用フイルム五〇篇）を取寄せたので今晩日没後壷屋校校庭で那覇地区教育関係者並に市内学童を招いて試写会を催すが、幻

燈フイルムはすべて目もさめるような総天然色であり、画面も三十五ミリ映写機のものと殆ど同大である。試写フイルムは次の通り

童話用
　フランダースの少年　ガリバー巨人の国　白雪姫
教材用
　エジソン伝　月と太陽　春の科学（自然科学の手引き）

児童文化協会は、四月一四日及び五月五日の記事に見られたような活動を初め、右の記事に見られるように「幻燈会」などを催し「子供に健全な娯楽を与えながら美しい絵画や物語により情操の陶冶」を心がけた活動を展開していった。発足前から始まっていた那覇市内の初等学校での「紙芝居」の巡回試演や、「幻燈会」の活動は、児童文化協会の活動が、まず見るものを与えるかたちで始まったことを示すものであったが、それがやがて大きな効果を生むことになっていく。九月二〇日「こども版」は、次のような記事を載せている。

よい子にごほうび……きのう午前十時ごろ、みなさんおなじみの童話のおじさん川崎信志先生（沖縄児童文化協会）がこども版へんしゅう室をおとずれ「けさのこども版で見ましたが開南初校のせ

いとたちがりっぱな紙芝居脚本を作ったそうですね。一等になった真栄田君に児童文化協会からごほうびを上げたいと思います。こども版を通してこれをとどけて下さい」といってさし出されたのは「赤い雲のかなた」というまあたらしい童話のご本、こども版もわがことのようにうれしくなって川崎さんに礼をいうとともに真栄田君にとどけることをおやくそくしました。

このご本には日本のこどもたちから〝童話のおじさん〟としてしたしまれている小川未明さんが作ったおもしろいお話がたくさんおさめてあるので、真栄田君もこのおはなしを紙しばいに作りかえてたくみな筆で絵にかくはずですからきっとりっぱな紙しばい脚本ができるだろうと思われます。

二〇日の記事は、一九日「よくできた紙芝居脚本　美しい絵にみんなびっくり　開南初校生の夏の自由研究」の見出しで掲載された記事を受けてのものである。同記事は、「夏季しせつ中のしゅくだい」として、紙芝居の脚本製作をとりあげたところ、「十八くみ」の作品が集り、審査の結果真栄田君の「おやゆびひめ」が一等になった、ということを報じたものであった。児童文化協会は、さっそくその記事に反応したわけであるが、それは、児童文化協会の活動が、少しずつ実を結びはじめたことを示すものでもあったはずである。

見るものを与えることからはじめた運動が、作ることのできるものを登場させる所へと動いていったかたちがそこには見てとれよう。児童文化協会の活動は、児童生徒の脚本製作に勢いを得たかのように、さらに一歩踏み出していく。

一〇月一六日、次のような記事が掲載される。

郷土に取材した沖縄独特のすばらしい童話を子供達に提供し、情操陶冶の面に或は社会教育の面に力を注ぐ意図のもとに、沖縄児童文化協会では各新聞社の後援により教育連合会との共催で左記要項により「創作童話懸賞募集」を行うこととなった。種類は幼児童話、空想童話、生活童話、実演童話、放送童話等何でもよく、なるべく沖縄の風土に取材したもの或は沖縄古来の伝説を取り入れたものということになっている。用紙は片面のみ使用のこと。

△締切　十一月十五日

△発表　十二月上旬各新聞紙上

△送先　那覇市壷屋校内沖縄児童文化協会研究部

△賞金　入選第一席三千円也、二席千五百円　佳作数編に各五百円宛

△応募資格　制限なし

「夢に画くお伽の国創作童話懸賞募集」の見出しで報じられた記事は、大きな関心を呼んだに違いない。

一一月二三日「こども版」は、「児童文化協会の募集童話百二十六編」の見出しで「沖縄児童文化協会では全島のみなさんに沖縄どくとくのむかし話をたんときかせて上げるためにさきに童話ぼしゅうをいたしましたがさる十五日のしめ切までに百二十六編もあつまりました。この中には初等科三年の男の子のかいた作品から、一ばん上は六十八才のおばあさんが書いたお話もあるというにぎやかさです。しんさの発表は来月のはじめにおこなわれます」と報じている。

一九五一年一月九日『うるま新報』は、童話入選者を発表する。

昨年児童文化協会、教連主催で募集した童話百三十二篇中優秀作品を十五篇選出したが、その中からきのう教連事務所で各地区教育会文化部長が厳選した結果左の人々が入選した。

一等「賞金三千円」〝赤馬の歌〟八重山石垣市大川　古藤実富　二等「千五百円」〝山人と海人〟具志川村田場　新崎寛洋　二等「千五百円」〝不思議なこぶ〟大島名瀬市中央区栄町　森和正　選外佳作「五百円」〝蛇使いと二人の兄弟〟那覇警察署　南條照夫　同〝猿に化けた話〟文教部　友寄景勝　同〝波の上の眼鏡〟食糧会社　嘉手川重喜　同〝人魚〟那覇奥武山　石川源三

一等当選作品は児童文化協会の川崎氏が実演することになった。なお応募者の中には六十七才のお婆さん愛楽園牧師大兼久ウシさんや学生、生徒五十九人もいた。その中で佳作者石川高校一年伊波比奈子さん、北中城島袋中校三年生平田光子さん、壷屋初校六年亀島永子さんにはそれぞれ記念品が贈呈される。

一三二篇（子ども版見出しには一二六編）の応募作品が集ったというのは、間違いなく児童文化協会の活動が実を結び始めていたことの現われだといっていいだろう。

入選者の顔ぶれをみると、「児童文学」と全く無縁であった人たちではなかったことがわかる。とりわけ一等入選の古藤は、八重山で活動していた児童文学者であったし、二等入選者の新崎も文教学校所在地で活動している児童文学者であった。「創作童話」の募集は、そのような戦後いち早く児童文学の復興にたずさわった人々を、呼び集める役目をも果たしたのである。

児童文化協会が主催した「創作童話懸賞募集」は、もっとも大切な試みであったといえるが、同協会の活動はまた、次のような面にも及んでいた。

まちから遠くはなれた北部地区の山村のせいとたちにざっしをおくって上げようと沖縄児童文化協会では那覇の学校のせいとたちにざっしの〝きそう〟をよびかけていましたが、これにさんせいした生徒たちは「遠いいなかのお友だちへのプレゼントだ、さあたくさんあつめよう」と自分がよんでしまった幼年クラブ、少年クラブ、少女クラブ、小学生などをもちより、開南初校でも一はこ、つぼや初校が四百さつあまりを文化協会にとどけました。ヨイ子たちの協力を受けて同協会の川崎先生もホクホク、年があけたらさっそく北部地区の学校にくばるといっています。

一二月二九日、「まちのこどもたちがいなかのおともだちに　雑誌をどっさり」の見出しで報じられたものである。

四　第二期「こども版」の活動

週刊紙「うるま新報　こども版」のあとを受けて、本誌に「こども版」が開設されるのは五〇年八月四日からである。本紙に開設された「こども版」が、編集等を一新することなく先のかたちをそのまま引き継いでいるのは、連載中だった作品、例えば「アメリカ童話　小さい木の願い（レスリー・スロマン作）」が（四）の番号を付されていることからもわかる。「こども版」は、一週間に一回の発行から毎日掲載にかわったとはいえ、これまで二面（特別号の際は四面）で構成されていた紙面が、一面の三分の一弱になってしまう。狭い紙面には教科の手引き、社会見学、工作案内、自然科学入門、世界の動きといった雑多な話題が詰め込まれ、いわゆる「文学」とは無縁の読物が多いのであるが、それでも児童の作品や世界の童話を収載する努力をしていることがうかがえる。

八月一六日からやはり「アメリカ童話　きつつき婆さん」の連載、一八日からトルストイの「あみの中の鳥」、二〇日にはやはりトルストイの「かもとつき」を掲載、九月に入って二九日からは「世界各国童話めぐり」が始まる。

「世界各国童話めぐり」は、「イギリスのまき」（「デックのねこ」二九日から一〇月一一日、一一回）から始まって「ドイツのまき」（「兄と妹」一二日から一一月五日、一七回）、「イタリアのまき」（「アンドロークロスとライオン」グルリウス作　八日から一一日、三回）、「ギリシャのまき」（「翼のはえた天馬」ホーソン作、一五日から一九日、四回）、「フランスのまき」（「美女と野獣」ストラパロラ作、二五日から一一月三一日、二一回）と続く。

一二月一日から「こども版」はさらに五段二四行組みに縮小（一七段九三行）され、一、二、三の話題しか掲載出来ないような紙幅になっていくが、二月（六日）から五月（三一日）にかけてイソップ童話とイソップ歌ものがたりを連載していく。

「こども版」が週刊紙として出発したさいに見られた編集がなされたのは、多分五〇年の一一月三〇日までであったのではないかと思える。「こども版」は、「うるま新報　こども版」から本紙へ吸収され、それがさらに縮小されてしまうといったかたちで、移りかわるが、その間、かわらず掲載されたのが世界の童話であった。それが、まだ書籍の輸入の不自由であった時期、どれだけ大切なことであったかいうまでもない。その一つだけでも、「こども版」のもった意味は大きいといっていいだろうが、あと一つ大切なものとして、創作童話の掲載があげられるであろう。

五　創作童話の登場──児童文学の揺籃期

五〇年一〇月一八日「うるま新報」は、「新世代」として、川崎新志の「創作童話について」を掲載している。

去る三月十六日うるま新報主催の全島童話大会以後各地に童話熱の高まった事は一人私のみではなく喜びに耐えない。来る十二月八、九日には教連主催で全島童話大会が開催される予定である。運動会シーズンが終れば各地区での選出童話大会があるであろう。今までの童話は材題の貧困から、すばらしい童話をする子供はまれであった。

沖縄には沖縄としての昔からの言い伝えや昔話がいくらでもある。なにもアンデルセンやグリムばかりが童話ではない。自らの心に豊かに生れる子供に聞かせ度い、読ませたい話がいくらでもある筈である。学校の先生だけではなく御父兄も特にお母さん方にも童話を作っていただき度い。そして沖縄独特のすばらしい童話を子供達に提供し情操陶冶の面に或は社会教育の面に力をそゝぎ度いものである。

故に童話はあくまで大衆のものであると同時にすぐれた芸術性をも要求しているのである。童話を子供の世界だけのものと考えられずよりよき童話作家の生れる事に大きな期待をもつものである。

川崎が、アンデルセンやグリムだけが童話ではないし、沖縄に材をとった童話を、先生だけでなくお母さん方にも作って欲しいと呼びかけたのは、一〇月一五日、沖縄児童文化協会主催になる「創作童話懸賞募集」の記事が出たことと関係があるであろうし、「童話作家」の誕生は、沖縄児童文化協会が夢見ていたことでもあったはずである。

川崎が「童話作家」の誕生を待ち望む言葉を綴ったのは、これが始めてであったわけではない。三月一七日、すなわち川崎自身が「創作童話について」の書き出しで「去る三月十六日うるま新報主催の全島童話大会以後各地に童話熱」が高まったとしていた翌日、「童話のせかい」と題して「うるま新報こども版」に発表していたエッセーでも、「皆さんの身辺にはいくらでも童話をつくるざいりょうがあります。童話を作りそして話しましょう」と書いていた。

そして、その童話の材料を他でもなく「沖縄には沖縄としての昔からの言い伝えや昔話がいくらでもある」のだからそれらに材をとった新しい童話をと主張したのは、身近なところからの実践ということと共に、同会のメンバーに川平朝申がいたということとも関係していよう。

川平は、戦前台湾にいて、『台湾逓信協会雑誌』（一九二七年）等、台湾で刊行されていた諸種の雑誌で詩作を発表すると同時に『台湾婦人界』（一九三六年）等で童話をはじめ「史実童話」として「為朝と琉球の王様」、さらには「沖縄新民謡」として「島の歌」や「海人の唄」などの詩作を発表、一九四〇年頃からは『児童街』により、戯曲「ラジオスケッチ　春の日記より」といった作品を発表していた。

川平が、児童を対象とする作品を書いたのは、川平朝甫とともに「銀の光子供楽園」を設立、運営していたことと関わりがあるであろうし、戦後すぐに、児童文化協会に参加したのも、台湾での経験があったからであろう。そして、その川平が、創作するにあたって、沖縄に伝わる史実や伝説、民謡を種にしていたことが、川崎に影響していたのではなかろうか。

川平が実践し、川崎が主張した沖縄に材をとった作品が、彼らが企画した「創作童話懸賞募集」には数多く集った。そのことをバネにしたといっていい「よりよき童話作家の生れる事に大きな期待をもつ」として川崎らが期待した「童話作家」は、誕生したのであろうか。

「こども版」は、その百号記念でも触れていたように、児童の作品を中心に掲載していた。川崎らが望んだ「童話作家」は、しかし児童のそれではなかったといっていい。それは「童話を子供の世界だけのものとかんがえ」て欲しくないといった言葉がよく示していたが、そのような「童話作家」は誕生したのであろうか。

新崎寛洋（ひろみ）の「おとぎばなし」シリーズが掲載されるようになるのは、五〇年八月二二日からである。

新崎の作品「おとぎばなし　ものしり」の第一回が掲載された八月二二日、同じ欄に「作者のことば」

と作者の「ごしょうかい」が出ている。「ごしょうかい」によると「新崎先生は那覇市のご出身で、戦前上山と天妃の学校で十八年間も先生をつとめていらっしゃいました。その前には東京で児童芸術協会の会員としてかつやくもされており、おわかいときからこんにちまで児童文化の向上に力をそゝいで来られた方です。こんどおもしろいおはなしをつぎつぎと書いて下さることになっています」とある。それからすると、新崎を新人とするわけにはいかないが、いちはやく「創作童話」の書き手として、「こども版」に登場したのは間違いない。

「こども版」に見られる新崎の作品は「ものしり」(八月二二日～二七日〈七回〉)、「かたつむりと仁王様」(八月三〇日～三一日〈二回〉)、「ねずみとり」(九月七日～九月一三日〈四回〉)、「天から落ちた亀」(九月一九日～二三日〈四回〉)の四作である。

新崎の登場は、「創作童話」作家の誕生として期待されたところがあったと考えられるが、そのあと「こども版」から姿を消す。「こども版」の紙面の縮小は、「創作」にも微妙な影響を与えたのであろうか。

『うるま新報』時代には、児童生徒を別にすれば、新崎のあと、川崎が望んだ先生や大人とりわけお母さんの書き手は登場してない。

おわりに

新崎寛洋の「おとぎばなし」シリーズ三作目の「ねずみとり」が終わり、四作目の「天からおちた亀」

が掲載されていくその間の、一九五〇年九月一五日、『うるま新報』は「人民文化誌発行を停止される」の見出しになる記事を出している。次に掲げるのはその記事の全文である。

軍政府では那覇市三区仲里誠吉氏の主筆する人民文化誌の最近数カ月分の内容を検討した結果発行許可申請書記載の目的と乖離することを認めたので同誌の発行免許証を取上げることになり沖縄軍政官府を通じハインズ副長官より仲里氏宛への文書を添えて知事に対し適当な処置をとるよう十四日文書をもって指示して来た。

なお人民文化誌九月号以前の既発行雑誌は書店で売出してもよいが今後の発行は許可されない。

ハインズ軍政副長官より〝人民文化〟主筆仲里誠吉宛の文書の全文は次の通り

一　軍政府は一九四九年三月二十九日貴殿の月刊雑誌〝ピープル〟の発行許可申請に対し免許第二二二号で認可した。

二　一九四九年六月七日、貴殿は雑誌名を〝ピープル〟から〝人民文化〟に変更をなす旨届出たが変更理由は「〝ピープル〟なる言葉は翻訳すると〝人民〟という言葉になり、これは一般大衆に同雑誌が瀬長亀次郎の主催する人民党の機関紙であると誤解されるおそれがある」と述べている。

三　貴殿は同雑誌が人民党の機関紙とみなされるのをこのままないとの意図をのべたにもかゝわらず〝人民文化〟誌は明らかに人民党の代弁者となっている。

四　貴殿の雑誌発行許可申請には〝人民文化〟は「政治、経済、文化、教育、科学、文学等に関する記事を掲載する」総合雑誌である旨述べてある。軍政官はその趣旨により発行を許可したが最近〝人民文化〟誌は個人又は団体に対しほとんど罵言や悪意ある攻撃のみを掲載しているが彼らに対し回答や反駁の機会を少しも与えていない。

五　当初貴誌の発行許可を与える際に政治、経済、文化、教育、科学、文学等に関する論文を通じて文化の発展に寄与する以外の雑誌に許可を与えるのは軍政府の意図ではなかった。

六　以上の結果、余は軍政長官の命令により追って通知あるまで人民文化誌の発行を停止することを貴殿に通知する。

その件に関し、新聞は「まだ正式な通知に接していないが、一度軍より警告があったがそのことについて軍と懇談会を開いてお互い話し合いをしようと決めてあったがそれが間に合わず発行停止になった事は残念に思う」という仲里の談話を取っている。

この一件からでも明らかなように、出版に関しても、表現内容に関しても、軍の認可、検閲があったことがわかるが、五一年一月一三日には既報として「米軍誹謗筆禍事件二十三日軍事法廷へ」の見出しで「元世持神社社司上間朝久氏に関わる米国の繁栄は実に沖縄の犠牲の上に成り立つ旨の米軍誹謗の筆禍事件は軍布令違反としてその後那覇署から一件記録は□□送致されていたが来る二十三日那覇署楼上に於て掲載責任者元琉球日報社記者浦崎康華、同元編集者岡村哲秀、発行人新城松雄三氏並琉球日報社と共に高等軍事裁判に付される模様」といった事件を報じている。

『人民文化』誌の発行停止処分に関しては「布令第八号　一般警察に関する規定」の「第三条　新聞及び印刷物に関する規定」に基づいて、「筆禍事件」に関しては「米国海軍軍政府布告第二号　戦時刑法」の「第二条　禁固及罰金」で定めたことに対する違反として取り扱われたと考えられるが、米軍占領下にあっては、そのように出版物に関しても表現に関しても、大きな規制が加えられていた。

そのような規制が、児童文化の活動にも全く影響を与えなかったはずはない。

一九五一年四月二一日から二三日にかけて、川平朝申は「児童文化のことども」を発表している。川平はそこで、まず「うるま新報」が、「こども版」などを作り、「児童文化」に貢献していることを感謝することからはじめ、「沖縄児童文化協会」の設立に及び、発会式は盛大に行われたがそのあとこれといった目覚しい活動もなくただ「川崎氏の童話行脚や創作童話募集等又教育会主催の童話大会」が行われたくらいであると述べ、これからやらなければならないこととして、

1　児童芸術に関する研究会（童話、童話劇、童謡、舞踊、芝居）
2　講習会、講演会
3　童話会、紙芝居の会
4　映画会

5　児童劇、放送童話劇
6　児童舞踊の会
7　児童文化に関する機関紙の発行

を挙げていた。

川平が「児童文化の昂揚を図りたい」として挙げた七つの項目が、その後どのように発展していったか、これからの検討課題であるが、川平には「沖縄児童文化協会」は結成したものの、その活動が十分に行われているとは思えなかったのであろう。それを肝に銘じて活動の活性化を訴えたといっていいが、その最初に「児童芸術に関する研究会」を挙げているところからしても、「児童芸術」に関して、並々ならぬ思いがあったのではなかろうか。

台湾時代の川平が詩作をはじめ童話作品を精力的に発表していたことを考えれば、戦後沖縄の「児童芸術」が、ほとんど沈滞しているようにうつったとしてもいたし方なかった。それだけに、その振興に声をあげたといえるのであるが、それが十分に機能しなかったのは、生活の不如意もさることながら出版、表現の自由に対する軍の圧力があったことも無視できないであろう。

II

方言詩の出発・開花

琉球方言詩の展開
――あと一つの沖縄近・現代詩

一　新しい時代の詩へ

近代詩・現代詩についての見取図を、あえて「沖縄の」という枠組みで描くとすれば、それもただちに「沖縄の」とわかるかたちで描いていくとすれば、その一つの行き方として、琉球方言表現になる詩を追っていくというのがあるであろう。

沖縄の近代詩の歴史は、簡単に言ってしまえば標準語を習得していく過程で始まった。ということは、琉球方言表現を捨てることによって始まったということである。標準語表現を近代詩の起源とする「近代詩」観からすれば、琉球方言表現になる詩を追うというのはいかにも奇妙だが、標準語表現が成熟していくかたわらで琉球方言による表現の模索もなされていたのであり、「沖縄の」にこだわるとすれば、何をおいてもまずそこに光をあてることから始めていく必要があろう。そしてそれはまた、おのずと「沖縄の」近代詩・現代詩の特異さを照らしだすものともなっていくはずである。

一九一〇年（明治四三）二月二六日付『沖縄毎日新聞』は、次のような一篇を掲載している。

あはれ

此の世界は居る間も
何のさびもねんごとに
何の思もねんごとに
あらやすが
（中略）
生子こと思れば
投げて死ねん死りれらん
見るごとに肝ど焼ちゆる
うれこれよ兎角思み尽ち
声立てゝ泣ちゆさ

反歌

空に鳴く鳥の声立てゝ泣きゆさあけやう慰みゆることもないらん
苦ししやの余り飛出らなやすが生子啼きあかすことゆとめば

山上憶良原作、亀村・南邨共訳になる「思子等歌」と題された一篇である。憶良の「老いたる身の、重き病に年を経て辛苦み、及児等を思ふ歌七首長一首、短六首」の長歌と短歌六首のうちの最初にある二首を、亀村と南邨の二人が琉球方言に訳したもので、標準語表現になる詩が大勢を占めるようになって以後、出てきたものである。

日本の近代詩の出発は、西洋の詩の翻訳移入から始まった。「沖縄の」詩も、同じく日本の歌の翻訳移入という形でもって始めようとした文学青年たちがいたのである。前者は外国語を日本語（標準語）に、後者は標準語（日本語）を方言にという違いこそあれ、出発にあたっていずれもが翻訳から入っていったというその共通するあり方は興味深い。そして何よりも、琉球方言表現の可能性を探ろうとしたかに見えるそのあり方は注目するに値する。

沖縄の標準語表現になる詩、いわゆる沖縄の近代詩は、新詩社同人として『明星』に登場する末吉安持を筆頭に、『創作』等によった上間正雄たちによって最初の高揚期が現出する。そして、中央の文芸雑誌に投稿するとともに、沖縄現地の新聞の学芸欄で活躍した漢那浪笛、山田裂琴たちによって近代詩の時代を沖縄も迎えるといっていいが、彼らの詩は、末吉が『明星』等により、上間が『創作』等によったことが示しているように、中央詩壇と軌を一にして歩まれたものであった。

沖縄の近・現代詩を、主流のいわゆる標準語表現になる詩でたどるとすれば、中央詩壇の動向をなぞっていくことになる。しかし、山上憶良原作、亀村・南邨共訳になる「思子等歌」でもってたどっていけば、そこには『新体詩抄』で始まる近代詩の歩みとは異なる「沖縄の」詩の特異な歴史が見えてくるはずである。

亀村・南邨共訳「思子等歌」は、突然現れたわけではない。多分、それは琉球方言表現の三つの流れが合流して出現したものであった。第一の流れは、一九一一年（明治四四）三月になると、「琉詩」として発表されるようになる次のような作品があげられよう。

弥生咲く花ん降ゆる雨風に
時ならの雪と散りて行末や
如何な月花ん西雲がやゆら
面影と共に袖に降る濡りる
乾く間や無らの此契小袖
（後略）

これは、あと一つ、四三年一二月「山原口説」として発表される次のような形式になる作品を含む流れである。

さても山原片隅の　磯辺たゆたる謝敷むら
生れ出てたるみやらびの　那覇の旅路を語やひら
先ゆ板岸なみ笑て　花の美さや與那の坂
町の開ちゃる辺土名よ　田圃広さる奥間比地
白浜前なちよる浜の里　喜如嘉兼久の磯風も
松葉音立つ阿根浜　塩屋の港や漕渡て
（後略）

「琉詩」は、八音を連ねて六音で結ぶ、つらね形式になるものである。「山原口説」は、題名にも見られる通り七・五調で歌われる口説形式になるものである。琉球方言表現の伝統的な形式は八・六音の偶数律からなり七・五調の奇数律からなる歌は、和歌の形式を移入して出来上がった、琉歌の中では比較的新しい形式であったかと思われる。このつらねや口説は、「琉歌」というよりむしろ「琉語詩」と呼んだほうがいいような形式であったたし、それらはかつて踊りや劇の詞章として好まれたものである。このような伝統的な表現の底流が一つ。

第二は、次のような作品を素地とする流れである。

常識ないぬ者や恥かさも平気
名護の銀行の創立の時に
銀行事業だいんす町屋小とみなち
及ばらぬ希望胸内に巧で
頭取ならんてやり野心起ちやすが
（後略）

一九〇七年（明治四〇）一〇月二二日付『琉球新報』に掲載された沖縄大主なるものの作で「頭取のあてはづれ」と題されものである。野心家を風刺したこの詩は、日常生活の場で使用される言葉でもって、新時代を歌うことも可能であることを示したものであった。これが第二の流れである。

第三は、次の歌と関わる形で見ていくことの出来るものである。

一、御万人の君の思子や
こよひど天降めしやうちやる
でかつれてベツレヘムに
いそぎいきやいをがまね

（二、三、四略）

これは、一九〇八年（明治四一）一二月二五日付『琉球新報』に掲載された伊波生（伊波普猷）の「琉球訳賛美歌」である。賛美歌を琉球方言で歌えるように訳したものであるが、この「琉球訳賛美歌」の出現は、いかなる国の詩であれ、琉球方言詩に転ずることが可能であるということを示したものであった。これが第三の流れである。そして、この第三の形が、憶良の歌の琉語訳という考えを、亀村と南邨に与えたと思われる。

憶良の歌の琉語訳の登場は、そのように伝統的な表現形式の再浮上とともに、西洋から移入されたものの翻訳といった新しい動きに触発されて出てきたと言えるが、和歌をあえて琉球方言に翻訳するという仕事が明治の末になって起こったのは、その上さらに沖縄の特異な歴史の反映といったことがあった。

二　琉歌訳詩の試み

琉球が、沖縄県になったのは一八七九年（明治一二）。一八八〇年（明治一三）には『沖縄対話』が刊行され、本格的な標準語教育がなされていく。それから三〇年。新教育を受けた世代が、ほとんど不自由な思いをすることなく標準語表現が可能となっていたことは、『明星』や『すばる』等に登場した文学青年たちをはじめ、沖縄現地で発刊されていた新聞の学芸欄や投稿欄を見ればよくわかるが、その標準語表現を集団的に習得させられたともいえる世代が、琉球方言表現の復興を明治の末になると積極的におし進めようとしたのである。

一九〇九年（明治四二）を「琉球の文芸復興第一年である」として、琉球文芸の復興を先頭にたって説いたのは月城（伊波普成）であった。琉球文芸の新派と旧派の違いを明確にし、新派の文学運動を推進したのに万緑庵（摩文仁朝信）がいた。琉球方言表現をみなおし、新しい表現への試みに情熱を燃やす新青年たちの熱気が、明治の四〇年代になると満ち溢れつつあった。それが亀村、南郈の試みを生み出したあと一つの要因であったといっていい。

明治期の琉球方言詩には、しかし、それほど見るべきものはなかった。それは試みの時代、模索期であったといっていい。その模索は、次のような形でもなされていく。

（前略）
逢ひたさ見たさ朝夕に
燃ゆる思の遺る瀬なく
彼方の山をながめつ、
胸の玉琴ゆし按ず
　恩納岳あがたさとがうまれじま

森も押しのけてこがたなさな

（後略）

一九〇九年（明治四二）三月一日付『沖縄毎日新聞』に掲載された天夢山人なるものの「恋人」と題された一篇である。琉歌の代表的歌人の一人、恩納ナベの歌に触発されて書かれた一篇であるが、このような試みが、やがて世禮国男の「琉歌訳―二十八篇」のようなものを生むことになる。

君忍ぶわれを止むと
高札立つや
さはあらじ
恩納松下に立つ禁止の札

「琉歌訳―二十八篇」のうちの一つで、恩納ナベの歌を訳したものである。このかたちは、清村泉水の宮古の古謡を翻案した「敗将の娘」、CK生（黒島致良）の八重山の節歌訳詩を生んでいくが、琉球方言詩が輝きを放つ一つには、そのような琉歌挿入、翻訳、翻案になるものにはなく、多分次のようなものにある。

三　言葉の奪還

夜間暮とつれて渉すわたり飛び歩き
蹴あげゆる潮の花の娘や
島から島へと恋の橋かけ糸の縁むすび
夜毎にかはる至情に　ひたるよ溺る、よ
島の峠にうち上り後の島みれば
やくそくののろし火赤々と照りはえ
前の島みればちう〳〵響く三味線の音や
前島行かうか後島行かうか
こなた月照る浦曲よ見れば宵泊る
山原船の艫に白鳥の君もいますよ

一九二三年（大正一二）『日本詩人』に発表された世禮国男の「琉球景物詩十二篇」の中の一篇、「潮の花」と題された作品である。「潮の花」に見られる語彙は、題目自体が示しているように日常的に使われていたものというより、一種の雅語といっていいような、いわゆる詩歌にみられる言葉を拾い集めてきたものである。翻訳や翻案、あるいは琉歌の挿入や日常語の使用による琉語詩と比べてはるかに洗練された形がここには見られる。雅語の使用によって世禮の詩は、情緒纏綿たるものになっていった。しかし、雅語の使用は、必ずしもそのような雰囲気を漂わすものになるというわけではない。同じ雅語を使用して作られたもので、世禮の詩とは全く異なったものがある。

与根の潟原に、
おれ、みもん。
御真人の集て、
何ぎや見やりぼしや。
あれ、見るろ、おま人。
紫の綾雲、
おし分けて出（ぢへたる）
ふへの鳥の舞ひ。
（後略）

一九三三年（昭和八）に書かれた「飛行機」と題された一篇で、「航空ページェント の記事を読みつ、おもろ人の気持になつて作つた新オモロ」と詞書きが添えられているように、雅語、すなわちオモロ語を使用して作られた伊波普猷の作品である。この伊波の詩と先の世禮の詩とでは、まったくその詩情が異なっている。それは、オモロ語と琉歌語との違いから来ているとも言えよう。前者が叙事的な言語であるとすれば、後者は極めて情緒的な言語であると言えるからである。そのことは、琉球方言詩が少なくとも二つの道をもっていることを示している。

琉球方言詩の出現は、他でもなくオモロや琉歌といった祭式歌謡、抒情歌謡の伝統が脈々と流れていたことによる。明治末期には、それこそ「つらねの時代」とでも呼ぶことができるほどに純然たる琉球方言詩が輩出してもくる。そして、大正中期には世礼国男の「琉球景物詩」、昭和初期には伊波普猷の「新オモロ」等が現れてくるのは、一種の内的開花といっていいであろうが、それは、外からの触発があったことによってさらに勢いがついたことも間違いない。

明治期には岩野泡鳴や清水橘村たちによって、琉球に伝わる伝説や歌謡を下敷きにした詩が作られるといったことがあったし、大正初期には小林愛雄や橋田東声たちがいた。そして大正中期には『琉球諸島風物詩集』に収められていく佐藤惣之助の詩篇によって、南島情緒、エキゾチシズムが広まっていった。大正末になると、佐藤春夫が「伊都満譚詩」を発表。それほど注目されたとはいえないまでも、中央で、琉球が読まれ続けていたことは、琉球の詩人たち、とりわけ琉球方言による表現を試みていた人たちを励ましたに違いないし、また、当然のごとく標準語表現になる詩を書いていた詩人たちにも大きな力を与えたはずである。

大正末から昭和戦前期にかけては標準語表現になる詩を書いていた沖縄の詩人たちの最初の収穫期であった。世礼の詩集を最初に、新屋敷幸繁、山口芳光、伊波南哲、国吉真善、津嘉山一穂さらには有馬潤そして山之口貘の詩集刊行といったように、個人詩集の刊行が相次いだ。この驚くべき事態は、大正一〇年代の佐藤惣之助の作品をはじめとして柳田国男や折口信夫といった学者たちの沖縄紹介による一種の沖縄ブームを土壌にして花開いたといっていい。

昭和の沖縄ブームは、一九四〇年（昭和一五）に見られる。柳宗悦たち日本民芸家協会の一行が沖縄に渡ってきて、方言論争を巻き起こすといった形でそれは起こったが、それだけではない。火野葦平、中山省三郎といった九州文学の仲間たち、さらには竹中郁、栗林種一などが訪れ、沖縄を歌うといったかたちでそのブームは広がったといえる。その中でも火野、中山が、沖縄の方言を巧みに取り入れた詩を書いたことで、あらたに火をつけたかにみえる。しかし、時代は、時代に加担する表現者たちの表現を別にして、すでに自由な表現を許さないどころか、発表する雑誌すらないといったような状況になっていた。

一九四五年（昭和二〇）、沖縄壊滅。

山之口貘が、沖縄にやってきたのは、一九五八年（昭和三三）。地上戦で沖縄の様相は一変、戦前の沖縄はあとかたもなく、占領下にあって、全島が基地化し、いたるところに米兵の闊歩する姿が目立った時代である。

貘は、一九二二年（大正一一）上京。翌二三年関東大震災にあい無賃で帰省。二五年再び上京。「るんぺんしては／本屋の荷造り人／るんぺんしては／暖房屋／るんぺんしては／お灸屋／るんぺんしては／おわい屋」（「思い出」）といった生活の中で詩作を続け、一九三八年（昭和一三）佐藤春夫と金子光晴の序文に飾られた処女詩集『思弁の苑』を刊行、四〇年『山之口貘詩集』、そして同詩集を五八年『定本山之口貘詩集』として再刊、同年、再上京後一度も帰ったことのなかった故郷沖縄へ、友人たちの掲げる「貘さんおいで」の幟に迎えられて降り立った。

島の土を踏んだとたんに
ガンジューイ[1]とあいさつしたところ
はいおかげさまで元気ですとか言って
島の人は日本語で来たのだ
郷愁はいささか戸惑いしてしまって
ウチナーグチマディン[2]　ムル
イクサニ　サッタルバスイ[3]と言うと
島の人は苦笑したのだが

沖縄語は上手ですねと来たのだ
（1）お元気か
（2）沖縄方言までもすべて
（3）戦争でやられたのか

「弾を浴びた島」と題された一篇である。貘は、戦争によって「沖縄方言までもすべて」奪われてしまったのかと嘆いたのであるが、もちろんそういうことはなかった。貘が、詩の中でそのまま沖縄方言を用いたように、戦後の詩人たちも作品の中に方言を用いた。それも、土着派の詩人たちではなく、モダニズム系の詩人たちやレジスタンス派の詩人たちに積極的な試みが見られた。

四　方言詩の新たな展開

（前略）
▽首里円覚寺――仁王仏・遺石の語る
「くぬ腕さあねえ〈この腕では〉
摩訶仏と〈摩訶仏と〉

角力んとららん〈角力もとれない〉
霜成ぬ〈晩生の〉
九年母ん　むららん〈九年母も摘めない〉
弾痕ぬ　痛で〈弾痕が痛い〉
（後略）

あしみね・えいいちの「石よ・哭け・叫べ」と題されたものである。

夕凪の　天降り
真菅原　いく曲り辿り
行きゆる　我身や

東御巡の拝み　駕籠や連ねて
知念・玉城・斎場御嶽
受水走水　御嶽・御川
（後略）

大湾雅常の「東風くらき日に――亡き祖母にささげる」と題され一篇である。あしみねや大湾は、天願俊貞、伊良波長哲、船越義彰、池宮治、池田和たちと共に沖縄戦後詩の出発を飾った「珊瑚礁同人」で、同人たちのなかで最もモダンな詩を書いた詩人たちであった。そしてそのような方言詩を書いたのはモダニズム系の詩人たちだけではない。

島ぬ根畏み
地ぬ根畏み
海ぬ根畏み
八重潟ぬ根畏み
根持つ神畏み
霊高ぬ赤岬畏み
（後略）

川満信一の「哭く海」と題された一篇である。川満は新川明らとともに『琉大文学』に拠ったレジスタンス文学を代表する詩人である。「琉大文学」の同人では、そのあと登場してくる清田政信たちとともに活動した中里友豪がやはり沖縄方言詩を書いている。そのように、戦後沖縄のもっとも活動的であったグループに所属していた詩人たちが、それぞれに琉球方言表現になる詩を書いていた。彼らはしかし、方言詩に自らの詩の全体を賭けたとは言えなかった。方言詩に表現の全てを賭けるようになる詩人の登場は、むしろ彼ら以後である。

明るいんね　宮古
眩むん　透明て
草ん木んみどりん光って
空あ　青澄
（後略）

与那覇幹夫の「明るい地獄」と題された一篇である。与那覇が、詩集「赤土の恋」で第七回山之口貘賞を受賞したのは一九八四年（昭和五九）。創刊八五周年を記念して琉球新報社が同賞を創設したのは一九七八年（昭和五三）。第一回の受賞者岸本マチ子に始まり、伊良波盛男、勝連敏雄・芝憲子、大湾雅常、高橋渉二・船越義彰、矢口哲男、高良勉・与那覇幹夫、市原千佳子、八重洋一郎、松原敏夫、佐々木薫、進一男、大瀬孝和、花田英三、上原紀善、山中六、安里正俊と続く。

沖縄戦後詩は、一九五〇年（昭和二五）前期の「珊瑚礁」の同人たち、五〇年中期から六〇年中期までの『琉大文学』グループ、六〇年後期から七〇年後期までの『新沖縄文学』に登場してきた詩人たち、そしてその後は山之口貘賞を受賞した詩人たちといった流れを中心にして論じていくことができようが、そのいずれのグループにも方言詩を試みたものはいた。しかし、それがより積極的な試みとなって現れるのは、与那覇の登場してくる八〇年代あたりからであったといっていいだろう。

方言詩は、あしみねや大湾のように沖縄本島方言を使用する一群、川満、与那覇のように宮古方言を使用する一群が目立ったが、方言詩の範囲はそれだけにとどまらない。

ばんちゃぬ　ふっちゃー
たびかいおーったそんが
むぬん　おいしょうらなーて
ぴびじゃんやーし
みーぬぐぼォん　ごっふォでうたし

うちの長兄
旅へ出ていったのですが
ろくに飯も食わないで
まるで山羊のように
目のふちもげっそりくぼんで

（後略）

真久田正の「ばんちゃぬ　ふっちゃー」と題された一篇である。真久田は石垣島の方言を用いていた。

琉球方言表現といっても、そのように沖縄本島方言になるものだけではなく、宮古や八重山の方言でもって表現されたのもあり、そのことからしても琉球方言による表現の領域が広くなってきたことがわかる。そしてそれは、さらに広がりをみせて、より新しい詩人たちによってより新しい試みがなされつつある。

五　方言消滅と方言詩

琉球方言詩は、明治・大正・昭和戦前期のあり方と現在のあり方とでは、大きく異なっている。昭和戦前期まで、日常語は方言であった。琉球処分以降、標準語の習得を強制され、学業期にあるもので方言を使用したものは処罰の対象となった。いわゆる「方言札」の登場である。しかし、それでも、改まらなかった。

戦後、占領下にあった時代を含め、日常会話が方言でなされているということはほとんどない。方言は日常の場からも消えつつあり、琉球民謡・島歌の領域で辛うじて生き残っているかに思えるほどである。方言は、日常の場から消えつつある。戦前と戦後とでは、方言のあり方が大きく変わってしまった。日常生活は、方言の世界から標準語の世界へと移りかわった。しかし方言詩は逆に、方言が日常語であった時代より盛んになっているのである。

これは一体どのような理由によるのであろうか。

一つには、沖縄で表現することの意味、二つには現代詩の閉塞的な状況と関わる問題、そこに風穴を開けるための表現の多様性を模索することから生じてきた方法の問題といったことがあるであろう。さらには、現今の沖縄ブームが方言詩を後押ししているといった見方もあろう。そのように、方言が日常語でなくなった時代における方言詩への傾斜は、アイデンティティの確立や閉塞感の打開、そして沖縄ブームといった現象が背景にあるとはいえ、何よりも方言詩の試みを生きいきとしたものにしているのは、地域的に限定された言葉では近代の表現は不可能であるといった先入観から自由になったことがあげられよう。

問題は、今後、琉球方言表現になる詩が、琉球方言の衰退があらわな中で、どれだけの普遍性を獲得していけるかにある。沖縄の近・現代詩の一つの特異なかたちとしてある琉球方言になる詩が、単なる一地域の詩を越えるためには、リズムの問題を始め、伝統的な表現に内在する際立った特異性を、いかに発掘・再生させることができるかにかかっていよう。

方言詩の世界

カンパチャー、ミーチラー、ハナハガーは、頭の傷痕にできたはげのある者、まぶたに傷あとのある者、鼻だれで鼻の下がただれている者をさす悪口である。ミーチラーは、『沖縄語辞典』によると「南国特有のもの」であるということであり、カンパチャーやハナハガーのように一般的ではないのかもしれないが、いずれにせよ、身体的欠陥をこれみよがしにあげつらったものである。沖縄の悪口には、その手のものが多くみられる。あとつづけていくとガッパヤー（おでこ）、トガイー（やせて口のとがった者）、ウフチュブラー（大頭の者）、ミンクジラー（耳の遠い者）と際限がない。

悪口は、一般的に言って、当面敵対している者に向けて発されるものである。相手を打ちのめすために用いられるもので、普段は心中深く秘めおかれている中傷、蔑視、嫌悪の表現の極まったものである。

しかし、それが、必ずしも相手を打ちのめすためだけに使われたのではないという。

戦前、沖縄本島の南部、島尻あたりでは、親しい者同士が、なんと「悪口」で呼び合っていたというのである。

「ヤナグチ」／クレー、ナチカシムン　（「悪口」／それは郷愁です）
ユーカンゲーラッティ／アジクーター　（なかなか　こって／味があって）
シマジリヌ／アル　トクル　ウテー　（南部の／ある町村では）
ドシヌチャー　ドーサー／ナマチキティ　（親しい者同士／今でも）
「ヤナグチ」シ／ユドール　グトーン　（「悪口」で／呼び合っています）

カンパチャー・ミーチラー／ハナハガー・ガッパヤー
トガイー・ウフチュブラー／ミンクジラー・ハナケンケン
クチヨーゲー・ワタブター／ミンタミー・ダーマー
チンチンビサグワー・ミーダイー／ネーグー・ハッパイ
ハンクー・ナムジャー／ワッサラゲー・トットロー

マットーバー・カーブチー／ジビター・ヒジュルー
クェー　クェー・ポーポー／ガサミ・トーチーグワ
イットガヨー・カーマーイー／ヤックワナー・ハイシジラー
カーグ　フワー・ナンドゥルー／クエージラー・マイクスー

チコンキグワー・トントンミー／ウフビサー・チンハブグワ
アンシ　ナチカサヌ／ヤナグチマデン　（これらのなつかしい／愛称も）
イクサニ／チーソーラッティ　（沖縄戦と／つれそって）
ブーブー／トーベー　（散り散り／ばらばら）
チュラーサ／カンポーニ　フチトバサッティ　（大方／艦砲にやられてしまい）
ウミナーク（ミシナーク）／ナティネーラン　（影も形も／なくなった）

一九九三年（平成五）六月に刊行された下門次男の『唐獅子の独語』におさめられた「悪口（ヤナグチ）」と題された一篇である。

悪口を並べた詩というのも珍しいが、この身体的欠陥をついた悪口は、これで全てというのでもない。まだその類のものは残っていて、例えば頭髪の薄くなった者を呼ぶハガー（ハギー）や頭髪をぼさぼさにしていて不潔たらしい者をいうカンター（本来はおかっぱ、少女の髪型）等、あといくつもある。悪口の多さに、開いた口がふさがらないほどであるが、下門は、それらの悪口を、これまた珍しいがナチカシムン（なつかしいもの）・郷愁を誘うものとしてうたっていた。

○

『唐獅子の独語』は、「沖縄方言対訳詩集」である。

下門は、詩人ではない。「あとがき」で、「文筆の士でない全くの素人」と書いている通りである。彼は「苦節十年！！かねてから夢だった方言（シマクトゥバ）を〈活字〉に残せないものか、と腐心・苦慮・焦燥のあげく、このような対訳詩という形に思いいたった」という。また「何時も使っている自分たちの生活用語（シマクトゥバ）で、その日その日の身近な出来事から題材を求めながらまとめてみた」ともいう。日々の出来事をシマクトゥバ（生活用語）で書き記すだけでなく、そのシマクトゥバを活字にという思いが生んだ方言詩の一つにヤナグチ（悪口）があった。そして下門は、そのヤナグチを「悪口」と訳するとともに、「愛称」とも訳していたのである。

ある言葉が、悪口でもあり愛称でもあるというのは、それほど驚くべきことではないのかも知れない。何故なら、それは、その人のある特徴をみごとに言い当てているといってもいいからである。「ユーカンゲーラッティ／アジクーター（なかなかこって／味があって）」である表現というのは、始終顔突き合わせて暮らしていなくてはでてこないものだからである。

しかし、ハナケンケン、クチヨーゲー、ワタブター、ミンタミー、ダーマー、チンチンビサグヮー、ミーダイー、ネーグー、ハッパイ、ハンクー・ナムジャー、ワッサラゲー、トットローなどの共通語訳でもしようものならそれこそすぐに差別語として指摘されかねない言葉や、マットーバー、カーブチー、ジビター、ヒジュルー、クェー　クェー、ポーポー、ガサミ、トーチーグヮ、イットガヨー、カーマーイー、ヤックヮナー、ハイシジラー、カーグ　フワー、ナンドゥルー、クエージラー、マイクスー、チコンキグヮー、トントンミー、ウフビサー、チンハブグヮなんていうやはり共通語訳困難な言葉は、特徴は特徴でも、マイナスとみなされるような特徴であったし、それらが、愛称にも用いられていたなんていうのはほとんど信じがたい。

ある言葉が、悪口にもなれば、愛称にもなる、というような世界は、たぶん他には推し量りがたい濃密な関係で成り立っている。毎日顔突き合わせて生きていることによって、生まれてくる関係が、作りあげたものであったに違いない。

そのような世界を彷彿とさせる一篇もあった。

ショーワ　ヌ　ハジミグルマデー／アタル　ワラビナー　（昭和のはじめまでは／残っていた　童名）
ナー　ムサット／チカラン　ナティ　（もうほとんど／聞けなくなった）
イチムシ　ヌ　ナーカラ／ナービ　ハガマ　マディ　（動物名から／鍋　かまの類まで）
ヒービー　ヌ　クラシカラ／チキテール　ノージ　（身近な生活と／密着した命名）
ウヤックヮ／ユヌナーン　アレー　（親子二代／同じ名前もあれば）
イナグ　イキガヌ／ユヌ　ノージン　アティ　（男女共通の／名前もあった）

カマデー・カマル・カミジャー・カンジュー　男は
タルー・タラー・ジルー・ジラー・ヤマー
マツー・マチャー・トカー・トクー・トラー
カナー・カマー・カミー・ニヨー・ヤマトー
マカラー・マカルー・マカデー・カマダー

ナビー・ナベー・ナビトー・ナビター　女は
カミー・カマー・カメー・マチー・マチャー
カマルー・カマドー・カマダー・カマデー・カミジャー
ウシー・ウサー・ウサミー・ウタミー・ンダルー
マカトー・マカテー・マカター・マカルー・チルー
ウトー・ウター・グジー・グジャー・チラー

カゼー　キマトー／クトゥ　（数が限られて／いるため）
ユヌノージヌ／チャッサン　マンディ　（同姓同名も／たくさんあって）
ヤーヌナーカラ　一、二、三シ／ヤナグチ　シワカサッティ　（屋号や数字／悪口等で区別された）

クサー　ナガミーセー／カナサン　リヌ　イミアイ　(語尾を長めるのは／親愛の意味で)
「グヮー」ヌ　チィチィーネー／ウジラーサヌリヌ　イミアイトゥ
(「小」がつくと／かわいいという意味と)
ウセートーヌ／イミニン　トラッティ　(侮蔑をふくんだ／呼び方にもなった)

「童名(ワラビナー)」と題された一篇である。

動物名や日常の道具類と同じような名前、祖父母や父母と同じ名前に男女共通の名前、同姓同名が多く、屋号や数字、果ては悪口で区別された「童名」。「小(グヮー)」がつくと、親愛の情を示す表現になるが、時と場合によってはその逆の侮蔑を含んだ表現にもなっていく。

悪口が、愛称にもなっていくような世界は、そのように、同名を異とせず、共有できる社会が生み出したと言っていいかと思えるが、「ワラビナー」の世界が消え去ってしまえば、「ヤナグチ」で呼び合う社会も存続することが困難になっていく。

「ワラビナ」をつけた時代や、「ヤナグチ」を呼び合う時代は、世替わりによって消えたが、昭和の沖縄の世替わりは、並みのそれではなかったといっていい。

ウチナーユー　カラ／アメリカユー　(沖縄世から／アメリカ世)

アメリカユー　カラ／ヤマトゥユー　(アメリカ世から／日本世)
ジヌン　グンピョウ　カラ／ドル　ニホンエン　(金も軍票から／ドル・日本円)
クトバン　ウチナーグチ／ヤマトゥグチ・ウランダグチ　(言葉も沖縄方言／日本語・英語)
ハイサイ　　元気かい　　ハロー
チャーガ　　どうしたい　　オッマード
メンソーレー　　いらっしゃい　　カマワン
ニヘーデービル　　ありがとう　　サンキュー

ミクトバヌ／カチャーマートゥ（ヤマーサンカー）ナティ　(三国語の／チャンポンメンで)
クトゥバヌ／ブットゥルー　ケーナヤーニ　(言葉が／まぜこぜになっちゃって)
ヌートゥンガラ／イミアエー　ワカイシガ　(何とか／意志は通じても)
ミンカーバナシー　ン／カンガヤユラ　(聾人の対話／みたいなもの……)

ヘクナー　　早く早く　　ハーバーハーバー
ヨンナーセー　　ゆっくり　　テキリージ
ユヌムンヤサ　　同じもの　　セームセーム

リキラン　　　　全然だめ　　　　ノーグ
テーヨーヒサヨー／マンキティ（手まね足まねも／交えて）
シバン　カンチラ　カンチラ／ソーティ（発音もうまく／言えなくて）
ウキヒントー　ヌ／アンマシムン（対応に／大童で）
ナリラン　ワザー／ウトルムン（肩まで／こるしまつ）

ヤナヒャー　　　馬鹿もん　　　ガッテミ
クヌヒャー　　　こん畜生　　　サナガベッチ
ドゥキレー　　　あっちいけ　　ゲラーリ
ユクサー　　　　うそつけ　　　ボーセー

ドゥーチゥイバイ　シン／イットーバー（一方通行でも／平気・平気）
ヘイ　サージュン　ワンニン／ギブミー　チョウーダイ（兵隊さん私にも／ギブミー頂戴）
チャーナトール　バスガ／ムサットゥ　アイドンノー（どうなっているの／全然わかりません）
アーテンプー　ヌ／ウランダグチ　ヤ／イーリキムン（ブローキング／イングリッシュは／ゆかいだ）

ヒージャーミー　スーミー　ギブミー
フライパン　チッパン　パンパン
ソーヌギバイ　マルバイ　グッドバイ
アッタバイ　ハタバイ　ミーバイ

戦争が終わってみると、そこにはこれまで見たことのない者が、わがもの顔で闊歩している姿があった。そしてそれは、日常生活語は沖縄のコトバ、外に出れば共通語といった一種の二重言語生活に、もう一つアメリカ語という、戦前には全く日常生活に必要のなかった言葉の闖入を見ることになる。アメリカ語の闖入は、これまでの生活を大きく変えていったばかりか、沖縄方言の凋落を押し進める一因ともなっていった。

○

ヤナグチを呼び合う関係、ワラビナーのあった世界は、言うまでもなく、方言が生き生きとしていた時代であった。その時代には日本化を急ぐあまりに方言札というようなものがあって、方言を使っているものを見つけだしては、罰として札を首にかけたというのであるが、それも、方言が生き生きと使われていた証拠にほかならない。

木には木の精が住み、夜道には幽霊があらわれ、坂道では遺念火がゆれ、子供たちは、驚きのあまりにあちこちでマブイ（魂）を身体から落っことしてしまう。マブイを落とすと、様子がおかしくなり、ぼんやりしてくるので、さっそくその道の専門の人に頼んでマブヤーグミをしなければならない。「ごちそうと本人の着物を、魂が落ちた現場へ持って行き、その着物の中に魂を招き入れて持って帰り、本人にごちそうを食べさせると同時に、その着物を着せる。ごちそうの膳には小石三個を置き、茶碗に一杯水を用意して、ごちそうを食べる前に、マブヤー　マブヤーウーティ　クーヨー　ウフメー　ヤトゥメー　クィラヤーといって、その水をひたいに指で三度つける」（国立国語編集所編『沖縄語辞典』）と体から離れていた魂が無事体に戻ってきて、やがて元気になる。

そういった事が、まっすぐに信じられていた時代、方言は生き生きとしていた。魂は、方言だったし、方言が魂だった。

方言がなくなれば、当然、方言と関わった習俗も、マブヤー（魂）も消えてしまわざるを得ない。マブヤーを落っことしたのに、それを呼び戻す言葉を忘れてしまえば、もはやマブヤーは戻るに戻れないのである。

方言詩は、言ってみれば、そのようなたくさんの魂たちを呼び戻すためにとられた一つの方法であったが、それを対訳にしたのは、他でもなく、方言を解する世代が圧倒的に少なくなったことにある。

III　戯曲の革新と展開

演劇革新への胎動

――「時花唄」をめぐって

一

一九一七年（大正六）一月一八日、『琉球新報』は、「潮会の脚本募集」の見出しで「潮会に於ては劇の革新発達を計る為め別項広告の通りの方法にて広く脚本を募集すべしと。因みに締切日今月末日午後二時迄、賞金は一等五円、二等三円、尚選外佳作にして上演せし作物には相当の謝礼を為す由」との記事を出している。潮会の出した広告は、次のようなものであった。

懸賞脚本募集
（第一回）

課題　琉球史劇　喜劇

▲応募規定

◎幕数四幕以内◎時間約二時間以内◎稿末に何の新聞愛読者と朱記されたし◎宛名は辻端道潮会

事務所◎封筒に応募脚本と朱記されたし
▲締切期日　一月三十一日　午後二時迄
▲賞金　一等金五円　二等金三円
但し選外佳作として上演せし作物には相当の謝礼をなす
▲選択及上演方法は後日発表
辻町端道　潮会

潮会の懸賞付き脚本募集広告並びにそれに関する記事の出た二日後の一月二〇日には、「応募規定其他に訂正を加えました」として、改めて次のような広告が出されている。

懸賞脚本募集
課題　琉球史劇　喜劇
■応募規定
◎幕数四幕以内時間約二時間以内
◎本名若しくは雅号は別紙に特記し何々新聞愛読者と其の傍らに朱記されたし
◎宛名は潮会事務所とし封筒に応募脚本と朱記されたし
■締切期日　二月二十日　午後二時迄

■選定方法
　◎選者を左記四氏に御依頼せり
　　　　末吉安恭氏
　　　　山田有幹氏
　　　　川崎慶治氏
　　　　又吉康和氏
◎応募原稿は選定の公正を保つ為め本名雅号愛読新聞社名は弊会脚本係りの手元に控え置きたる上
　選者四氏に回送し其の採点合計の最高数に順じて一二等を選す
◎当選原稿は其の愛読者の指定新聞紙上に掲載す
■上演方法
◎　当選脚本は作者と弊会芸務係りと協議の上其の監督の下に上場す
△御不審の個所は弊会事務所宛に御問合せありたし
■賞金　一等拾円　二等五円
　　選外佳作にして上演せし作物には謝礼として金一円を呈す
一月十九日
　　　　　　　　辻町端道　潮会

一八日の広告は、予告広告とでもいうべきもので、そこで予告していた「選択及上演方法」について、二〇日の広告では、選者の公表及び当選脚本の取り扱い方を明確にし、さらに締切の延長及び賞金金額の変更を行っていた。

一八日から二〇日までの中一日の間に起こった変更の第一点とでもいえる締切の延長は、脚本募集の発表から締切までの期限が、あまりに短く時間的に余裕がないと考えられたことによる処置であったと推測できるが、一等賞金が五円から一〇円に二等賞金が三円から五円へというように、大幅に跳ね上がったのは、どのような理由によるのだろうか。

賞金額の上乗せは、他でもなく応募作を増やしたいという思惑から出ていたといった一面もあったであろうが、そこには募集脚本の上演によって入場者数が大幅に増えることが見込まれるといった、計算もあったのではないか。

潮会の企画した懸賞脚本募集が、どれだけの作品を集めることができたか明らかではないが、一九一七年（大正六）四月一日付『琉球新報』は、「曩ニ募集シタル本会上演用脚本ハ審査ノ結果左記二点当選セリ」として、次のような広告を出していた。

一等　ナシ

二等　史劇　時花唄（平均採点七十五点）
（但シ一等賞金拾円贈呈）作者上間政雄氏
三等　史劇　犠牲者の一族（平均点七十二点）
（但シ二等賞金五円贈呈）作者瑞慶村智慧氏
尚ホ等外秀逸トシテ左記二点ヲ選ビ上演の上ハ直チニ薄謝ヲ呈スル事トセリ
喜劇　女だから（平均採点六十二点）作者儀保加那氏
喜劇　ぼや騒ぎ（平均採点六十点）作者長濱克秀氏
当選脚本ハ来週以後適宜上演ス其他応募原稿ハ本会之ヲ保管シ若シ上演スルノ場合ハ直チニ之ニ対シ薄謝ヲ贈呈スベシ
四月一日
潮会

「劇の革新発達」を計るためになされた潮会の脚本募集の試みは、一等に該当する作品を得ることはできなかったとはいえ成功したといっていいだろう。潮会が、脚本募集の試みを成功だと判断していたことは、審査結果が発表されたあとすぐに次のような広告を出していることからも明らかである。

広告

第二回本会上演用脚本ヲ募集ス、応募者ハ左記各項承知ノ上奮テ応募アリタシ

一、社会劇　構想其他総テ作者ノ意ニ委ス

原稿モ字数行数ニ制限ナシ

但シ幕数ハ成ル可ク五幕以内タルベシ

(一)賞金　一等　金二十円也

二等　金十円也

三等　金五円也

(二)選者　決定次第発表

(三)締切　来ル五月末

(四)宛名　潮会内事務所

大正六年四月

潮会

第一回は史劇、喜劇の脚本を募集したのに対し、第二回は社会劇を求めた。それは、時代により密着した演劇を求めようとしたことのあらわれであるといえるであろうし、第一回とは異なる新味を求めた

ことの現れであろう。また賞金額のさらなるアップは、応募者の意欲を一層かきたてるものともなったはずである。

第一回懸賞脚本の上演に関する記事及び広告が出されたのは、一九一七年(大正六)四月八日。同日の『琉球新報』は「潮会当選劇上演」の見出しで、「潮会にては本日より同会上演用台本として募集したる脚本を上演する由なるが今回は犠牲者の一族(瑞慶村智慧)を上場すべしと」との記事を掲載し、潮会は次のような広告を出していた。

替芸題　八日日曜より

琉球史劇　犠牲者之一族(第三等当選脚本瑞慶村智慧)

▲場割

第一場　平敷屋里之子獄中の場　第二場平敷屋里之子ノ家庭、第三場安謝村刑場

▲役割

平敷屋里之子　真境名由孝

友寄里之子　安慶田賢明

襧覇里之子(平敷屋ノ弟)　仲井間盛良

川西清左エ門(薩摩奉行)　豊平良猷

平敷屋里之子ノ妻　添石良智
平敷屋里之子ノ情婦　大見謝恒幸
獄番甲　山城仁王
同　乙　添石良保
其他大勢

四月八日

潮会

「犠牲者の一族」は、四月一〇日の広告文によれば、「平敷屋朝敏の華やかなりし全平生より具志頭蔡温と争い国事犯囚として斬首さるる迄の物語」だという。同日の『琉球新報』は、「潮会当選劇好評」の見出しで「潮会の当選劇『犠牲者の一族』は一昨夜より上演せるが頗る好評にて役者も熱心の色自ら現れ科白も従来の琉球史劇の如くキザならず甚だ上品に演じ居れり」と報じ、「潮会の春雨傘」と題された劇評の中にも「絶えず大向こうを唸らせ割るるが如き人気なり」との賛辞が見られた。

「犠牲者の一族」評を見る限り、潮会の目論見は見事にあたったというべきであった。三等当選劇の好評は、当然第二等当選劇への期待をより大きなものにしていったはずである。

二

潮会が、懸賞付き脚本募集をしたのは、他でもなく従来の演劇に飽き足らない思いをしていたことによるが、演劇の革新は、前の年から既に大きな問題となっていた。

『琉球新報』は、潮会が第一回の「懸賞脚本募集」を行う前の年の一九一六年（大正五）三月八日、「演劇革新の声」として「近来西洋の演劇に刺激されて中央では日本芸術界の権威者に依って演劇界の革新がなされつつある。一体演劇は民族生活の表現であるから何処の土地に於いても新時代に相応した演劇の必要がある。殊に中央と遠く離れ、特殊の事情を有する本県では痛切に其の感がする。そこで記者は沖縄演劇革新に就いて諸家の意見を叩くことにした」と報じ、以後識者の談話を連載していく。その最初に登場したのが男爵尚順である。

尚順はそこで、まず俳優養成の計画があるということを知って嬉しいと前置きし、演劇革新の声は今に始まったことではないが、営業に関する件で実行できなかったといい、俳優の生活難を解消し、芝居に専心させるとともに、東京に遊学でもさせたらたちどころに向上するはずであり、それがひいては観客層の向上にもなるはずであり、これまで眉をひそめていた中流以上の人たちも見物にいくはずであると、話していた。

演劇革新の一方法として「俳優を援助し鞭撻する」ことが必要だといい、「俳優の地位を高め一般観客を向上させる様に世論」を作ることが出来さえすれば成功するはずだと、尚順は説いた。

「演劇革新の声」が、尚順の談話から始まったのは、彼が男爵という地位にあったこと、当代随一の文人として知られていたこと等によっていようが、それ以上に彼が大正劇場の経営主であったことと関係していよう。尚順もそのことをよく心得ていたであろうことは、「俳優養成の計画」が実現したら、大正劇場を貸してもいいと話しているところに現れている。尚順には、沖縄の演劇の問題がどこにあるかよく見えていた。それは、脚本作者の必要性を説いているところによくあらわれているが、それにもまして彼が実業家であったことは、中流以上の客を呼ぶためには新しいものが一幕か二幕程度必要であり、それを低級観客の喜ぶ従来のものに混ぜれば、営業としても成り立つであろうといったところに現れている。

三月八日の尚順の談話に続いて、九日には「伊波、眞境名両氏談」が掲載され、続いて一〇日には川部学務課長談、一一日には那覇区会議員仲尾次政昆氏談、一二日には県会議員伊江朝助氏談そして一三日には那覇区会議員黒木一二氏談と続く。

そこに集められた識者の声を集約すれば、尚順が指摘していた役者の人格を高め、地位の向上を計ること、そして人格ある作者の出現を望むといった点につきるであろう。

例えば、役者について「御冠船踊は歴々の方が選ばれて演じられた、段々商売となり殆ど乞食見たいに堕落してしまった。人格なき者に演じられるものが、どうして教化機関となろうか、あれは害毒を流すのみである。若し教化機関とするならば如何しても役者の人格を高めねばならない、要は只俳優の人格問題である」といった仲尾次の談話、一般観客について「此迄の芝居は辻遊郭を離れては成功しない傾向がある、之れは観客の低級なる為めである。而して一般観客は芝居看に行くやら御馳走食いに行くやら分からない為め汚らわしくて喧騒にて実に不快である」という黒木の談話にみられるように、役者の堕落、観客の低級さを嘆く声が、いずれの談話にも満ち溢れていた。それだけに「高尚な娯楽機関」（仲尾次）の必要性や「沖縄劇研究会」（伊波、眞境名両氏）を組織することの必要性が説かれたのである。

三月一一日、『琉球新報』は社説に「劇の革新」を掲げ、芸術的価値の高い新しい劇を提供するのは望ましいが、一足飛びにそれに興味を覚えさせるわけにも行かないので、それは一部の人士にまかせ、芸術味は少なくとも、在来の劇よりは今少し価値ある劇を提供して、漸次趣味の向上を計るべきであるとした上で「本県に於ても識者の間に演劇革新の必要を論ずる者漸く多きを加えたるが第一義の芸術味ある劇に対する要望を有する者は極めて少かるべく又当分そを実現するの可能性も有せざれば問題となるは公衆を相手とする劇に在るべし、而して之に対しては一方に古来の組踊を醇化して之が保存に努め他方に理解し易く而も多少の芸術味ある新作を提供して漸次趣味の向上を図るを要す」と締めていた。

社説は識者の声の総纏めといったかたちになるものであったといっていい。そのような識者たちの「演劇革新の声」が実を結んだかたちで、さっそく「沖縄演劇協会」が組織される。

三月一三日付『琉球新報』は、「沖縄演劇協会設立」の見出しで、次のような記事を掲載していた。

昨日午後一時より偕楽軒に於いて當間重慎氏眞境名笑古氏伊波普猷氏各新聞記者球陽座仲座両座の俳優幹部相会合し沖縄演劇協会を組織せり、其内容左の如し

一、会は沖縄演劇協会と称す

二、本会は演劇の改良古劇の保存を目的とす

三、本会は会長一名幹事四名を置く

四、本会の維持費は会費寄付及公演会の純益の一部を以て之れに充つ

五、本会は懸賞脚本を募集し或いは協会にて選定したる脚本を公演せしむ

六、古劇は組踊及各種手踊を演ぜしむ

七、年三回以上公演会を開く

尚當眞重慎氏を会長とし各社より一名づつ幹事を置く事にし午後四時散会せり

三月一四日付『琉球新報』は、「堕落より光明へ　▽演劇協会の実現　▽一歩一歩の向上」の見出しで、沖縄演劇協会が一三日の会合で成立したこと、演劇改善の声は今に始まった事ではなく殆ど一〇年近い以前からの問題になっていたこと、今回始めて具体的な研究団体が組織されたと述べた上で、近年、演劇の堕落は手の付けようもないほどになっていて、社会の注目を引いたが、それもこれも、無知な観客を相手にしてきたことによって起こった事態であり、今回の協会の成立を契機に、芝居の向上をはかり、

中流の趣味機関を現出させるよう努めてほしいという記事を出すとともに、一七日には「演劇協会へ希望す」の見出し金城紀光の談話を掲載していた。

金城はそこで、仲毛時代には名役がいて、観客を引き付けていたが、端道になってからは俗悪になり、芝居道は下級社会の娯楽機関となりはて、心ある人は家族に芝居見物を禁じるほどになってしまった。芝居道の向上を図って演劇協会が設立されたことは嬉しいが、協会はまず役者の人格を高めることにつとめ、それから芸術的価値のあるものの創出に踏み出してほしいと要望していた。

潮会の「懸賞脚本募集」は、いってみれば「沖縄演劇協会」が掲げていた「演劇の改良」懸賞脚本の募集を、沖縄演劇協会に代わって実行しようとしたものであったといっていいのである。

潮会の懸賞脚本の募集が、大きな反響を呼んだのは、さっそく第二回目の募集が行われたことから明らかだし、懸賞脚本の上演が好意を持って迎えられたことは、先に見た通りである。

三

懸賞脚本の三等当選作「犠牲者の一族」の上演が成功したことから、潮会が、第二等当選作の上演に、より以上の成功を夢見たのは間違いない。

一九一七年（大正六）五月三〇日付『琉球新報』は、「時花唄劇上演▽来週の潮会」の見出しで、「本紙に連載されたる潮会の当選脚本時代世話劇「時花唄」は来週上場する由なるが其の重なる役割は多分と「潮会の当選劇▽今夜より時花唄上場」と左の如くならんと」として配役の予告を出し、六月二日には「潮会の当選劇▽今夜より時花唄上場」として「潮会の当選劇として去月本紙に連載されたる恋愛劇「時花唄」は愈々今夜より上場する由なるが、同劇は「汀間と節」伝説を脚色せるものなりと」との記事を出し、潮会も次のような広告を出していた。

替狂言

▽　當る六月二日土曜より

■　琉球史劇　時花唄（第二等当選脚本、上間正雄氏作、全三幕五場）

■汀間と安部境の兼下の浜に於ける恋の悲劇……■

■　新様喜劇　村原（全一幕）

■組踊村原の糾問の場を改作して至極面白く脚色せしもの■

■　新踊　寿老人（全一幕）

■前週よりの呼物は尚今週も引続き上演いたします■

■　連鎖　母なき子（全四幕五場）

■御好評に依り此両三日間特に日のべ上場いたします■

大正六年六月二日

潮会

六月四日付『琉球新報』は、「問題となった時花唄劇　▽試演までした」の見出しで、次のように報じている。

潮会第一回脚本募集の第二等当選劇「時花唄」は今週上場すべく潮会より那覇警察署に出願したる処、同署にては一回同劇の試演を見た上に許可するとて坂本警部は、去る土曜日に天願巡査を派して検閲せしめたるが、劇中何等、

▲風俗を害する　科白所作無きより天願巡査も甚だ意外の感に打たれて帰れり、然るに昨日に至り潮会の今井興業主を呼び出して突然興業禁止を命じ、和田署長出張中なれば帰署するまでは同劇の上場を見合わせとの事にて、潮会にては非常に狼狽し、俄かに

▲出物の変更に　腐心し目下甚だ迷惑を感じ居れり、而して潮会の「時花唄」は脚本を非常に省略して殆ど筋のみを運べる程にて、毫も風俗に悪影響を及ぼす箇所なく、検閲したる天願巡査も猥褻に非ざる旨を坂本警部に報告せるにも拘わらず、同警部は重大問題なれば自分一人にて処決する能わずとて署長の帰る迄禁止されたる次第なり

また同日の広告は、六月二日の広告と同じものを使っているが、「琉球史劇　時花唄」の内容説明のかわりに「右の脚本は一日警察と立会の上試演致し候処警察当局の研究のケ所有之候由に付き向う一週

間上演見合と相成候就ては御審査済御許可の上は花々しく上演致すべく候間此段延期広告に及候也」と付してあった。

六月一〇日に至って、「問題の時花唄今夜より上場　▽汀間節と改題」の見出しで、『琉球新報』は、「本紙連載脚本「時花唄」劇は警察との間に許可不許可の問題を惹起し一時上演を禁止されたるが警察と潮会の再交渉の結果筋に多少の改変をなし時花唄を汀間節と改めたる上上場禁止を解かれたれば愈々今夜より演出する事となれり」と報じていた。

潮会にとって、「時花唄」が上場禁止になったのは、信じられないことであったに違いない。当時、芝居をうつのに、警察の認可が必要であったことは、「時花唄」を「上場すべく潮会より那覇警察署に出願した」という記事に見られた通りであるが、警察当局は、「時花唄」のどこが問題だとして脚本通りの上演を禁止したのであろうか。

『琉球新報』は、六月一四日に「一脚本の許否にさえ迷う　▽那覇署の坂元監督警部　▽その不親切その無責任」、一五日には「無責任なる旧式警察官　▽興業禁止の理由を語らざる警察が何処にある」、そして一六日には「何たる無謀ぞ何たる越権ぞ　▽犯罪を未然に防ぐと云う事は人民を罪人視するの意か」、一七日には「坂元警部の態度は那覇署の威信を損なう　▽猛省を望む」というように抗議の記事を掲載するとともに、同じく一四、一五、一六日と三日間にわたり東梨園主人の記名になる「改悪された「時花唄」（上）（中）（下）を掲載していた。

一四日から掲載された興業禁止に対する抗議記事は、記者でもあり脚本の作者でもある上間が、直接警察署に乗り込んで問いただしたことを記事にしたものである。上間はそこで、懸賞脚本の「時花唄」が那覇署の警部によって改悪され、一昨夜から上演許可されているが、それがなぜ脚本のままの上演では許可されなかったのか、その経緯を委細もらさず公表するといった気概で書いていた。

上間はまず、潮会の脚本募集は、これまでの演劇が悪感化を与えているのを一歩一歩改善したいがためのものであり、「時花唄」もその趣旨に沿って書かれたものであるにもかかわらず、それの上場出願が不許可になったのは納得がいかないとして、説明を求めたところ、多忙でよく調べなかったという返事であったという。そこで、脚本は新聞にも連載され、決して風俗を乱すようなものではないと説明したところ、では新聞を見てみようとの返答で話にもならないので、それはそれとして不許可にするにはそれ相当の理由がなければならないはずだがとたたみかけると、それもたいした理由があってした事ではなく、芸題が幾つも並べられているので一つくらいは不許可にしても困らないだろうとの答弁であったという。上間は、あきれ返って、一応脚本を読んでもらうことにして、その上で試演をさせ、許可不許可を決することにしたところ、警部は、検閲のため巡査を送ってよこした。試演を見た巡査は、少しも風紀を乱すようなことはない、といい、その旨警部にも報告したにもかかわらず、警部は興業主を呼び出し、不許可にした。上間は、ますます疑問が生じ、早速その理由を質したところ、今度は、署長出張中なので、署長が帰ってくるまで興業を差し止めるということであったという。署長が帰ってくるまでの禁止であった上演は、二、三日後には全然不許可ということになったが、そのあと、上間のところに巡査がやってきて、筋を改めて許可したということを知らせた。

上間はそこで、警部の無責任、無定見を批判する記事を書きあげ、さらに一八日には「那覇署の刷新」、一九日には「警察官の職務」という社説を掲げた。社説には記名がないので上間だと断定することはできないが、その筆法からして上間が書いたに違いないと思われるもので、そこでは徹底して警察官の問題をとりあげていた。

上間は、潮会の懸賞脚本「時花唄」とかかわって記事並びに社説を書いていたが、さらに東梨園主人の筆名で「改悪された「時花唄」」も書いていた。上間がそのように、懸賞脚本の上演禁止のいきさつについて、幾つもの文章を書いたのは、彼が同脚本の作者であったことにもよるであろうが、多分それだけではない。

劇の上演を不許可にするのなら、その理由を明確に示すべきであるにも拘らず、まったくそれがなされなかった。それだけならまだしも、脚本が「改悪」されて上演されたことに我慢ならなかったのである。東梨園主人の筆名で上間は、原作の「時花唄」と上演されたそれとを比べて、次のように書いていた。

▲梅泉君の作物に出る人物は何れも特長があって面白く活躍して居る、序幕には汀間村のしっかりした青年松吉と其意中の美人丸目加那のぬれごとを出すが、近頃都の若者が来て丸目加那の家に泊っ

て居るので、松吉は不安を抱き、加那もまた松吉に全身の愛を捧げて居ると同時に神谷から優しい言葉をかけられたりすると嬉しがる様な事をほのめかして居る。

▲二幕目に来ると、丁度ゲーテ作ファストの少女マガレットが悪魔に誘惑された如に、丸目加那は神谷の華やかな言葉と世馴れしたあしらいに乗せられて了う。それで芝居も面白くなり次の幕が生きて来るのである。而もそれが作者の巧妙な筆と役者の熱心とに依って試演の時は少しも卑しい感はしなかった。

▲所が坂元警部によって改められた二幕目の丸目加那は神谷から口説かれてそれを拒絶する故に観客は却って悪い方面に注意する様になる。それは兎も角として原作は滅茶滅茶に破壊されて、折角の芝居が台無しになって了う。

▲梅泉君作の三幕目は松吉が兼下の浜で神谷と加那の話を実際聞いたので復讐すべく苦心する。従来の型なら直ぐ其場で立廻りが始まる所であるが「俗謡」を作って復讐するのが此の作の面白い所。そこで松吉の作歌も意義をなして来るが、坂元警部によって改められた三幕目の松吉は二人の話で嫉妬の炎に包まれて、中途で帰宅したに拘わらず其実否を確かめずして直ぐ復讐にかかる故松吉は甚だそそかしい男になって了う。私は村の有為の青年松吉を斯くの如く軽挙に出でしめた坂元警部の考えに対し恨ざるを得ない。

▲三幕目迄は悪魔の勝利であったが作者は四幕目に来て凡て本心に立ち返らし、警察の言う勧善懲悪

とは異うが、期せずして勧善懲悪にも嵌まって居る。然し二幕目を改めた為め、丸目加那は惨ましい程身のやり場に困り、平凡に幕となる——只歌の男佐渡山と村田のおつるの働きに依って辛うじて原作を窺う事が出来る——恐らくは警察の言う勧善懲悪の方面から見ても原作の儘がよかろう。

▲大詰めは最も作者の苦心の跡が見える、即ち松吉が妹おつるの頼みを容れて加那を赦すことになる、そこで従来の型を破り加那が只嬉し涙に咽ぶ所で幕となり、観客も貰い泣きさせるは作者の手柄である。然し二幕目を変えたので誤解が解けた以上却って松吉から詫びするのが男らしいような気がして矛盾を感じる。

▲斯くの如く役者の苦心によって筋の運び方は原作も異わないがその表現に於いて雲泥の差がある。然し私は芸術の方面から坂元警部を責めることを欲しない、まさか坂元警部が改悪した理でもなかろうが、同氏が指摘して改めさせ而して上演されたのが社会に悪影響がないとすれば、原作も決して悪影響を流す事はないと信ずる。

潮会は六月二一日の広告に「御待兼の時花唄は汀間と改題上演仕りつつ有之候間特に御来観被下度候」との説明文を付して「汀間と」の演題を出していた。「汀間と」の脚本が残ってないので、「時花唄」と比較して論じることはできないが、東梨園主人の文章を見る限りにおいても、両者が大きく異なるものになってしまっているのがわかる。

四

「時花唄」は、六月二日の「潮会の当選劇」中で「『汀間と節』伝説を脚色せるものなり」と指摘されていた通りで、その歌は、当時盛に歌われていただけでなく、その歌にまつわる「伝説」も広く知られていた。

『琉球新報』は、一九一六年一〇月二〇日から二二日まで三回にわたって「汀間物語」を連載していた。その連載が、どのような理由でなされたのか、そのことについての説明はないが、上間は、潮会の懸賞脚本募集をみたとき、この「汀間物語」を下敷きにすることをすぐに思いついたに違いない。

「汀間物語」は、現今「汀間当」として歌われている一、二番「汀間と安部境界の　かの下の浜下りて汀間のまる目かなと　請負人神谷と恋の話　神谷がい言葉は　何んで言うたが　明けて四、五、六月や、まふはしが来ゆこと　つとめて待ち居れ」の歌を引いて、「此の小唄は今も盛に三味線に合わせて遊郭などで唄われて居るし又芝居ではずっと以前から此の小唄に合わせて踊りさえ出来て現在まで続いて演って居ることは誰も知らない人は無いであろう。此の小唄の流行り出したのは今から六七十年ばかり昔の事でそれにには極めて興味深いローマンスがある」として、その「ローマンス」を紹介していた。

「汀間物語」に登場する人物は、丸目カナ、色男、神谷の三名。物語は丸目カナが色男をこさえて、汀間の浜辺で逢引を重ねていたが、そこに都から神谷という好男子がやってきて、丸目といつしか仲よくなる。以前の色男は、カナの心変わりを慨嘆し、夜も寝られず、カナを思って彷徨い歩いていると、神谷とカナがひたと体を寄せ合って歩いて行く姿を目にする。色男はかっとなるが、それをおさえて二人のあとをつけていく。二人は汀間と安部との境の浜に降りていって、岩に腰をおろし、首をかき抱いて、将来を誓い合う。その言葉を聴いて色男は絶望し、復讐を考える。彼が考えた復讐は、歌を作って二人の密会をあばくことであった。出来上がった歌は、彼の思惑通り田舎は勿論都まで流行り、その歌が災いして神谷は失職、失恋した色男は見事恨みを晴らすことが出来た、というものであった。その後で、「汀間と節」が今でも好んで歌われているが、昔の人は今の人より高尚であった、ということをつけくわえている。

上間正雄の懸賞脚本二等当選作「時花唄」の掲載が『琉球新報』で始まるのは一九一七年（大正六）四月一八日からである。掲載にあたって作者が梅泉になっているのは、上間が、同紙の記者であったこと幾分関係があろう。「時花唄」の登場人物をみると次のようになっている。

登場人物

丸目加那　村の評判娘
松吉　加那の情人
神谷　首里の役人
蒲助　松吉の父

つる　　松吉の妹
金太　　豪農汀間屋の作男
軍八　　村の物持
なべ　　軍八の娘
唄の男
その他村の若い男女大勢

梅泉作が「汀間物語」を踏まえていることは、例えばその「時」として「尚育王世代（約七十年前）」、「所」を「琉球国久志間切汀間の里」としているところからも明らかであるし、村の評判娘の名前が丸目加那、首里の役人が神谷というように俗謡「汀間と」で唄われる歌に出てくる人名を同じくしていることでも明らかだろうが、梅泉作「時花唄」は、登場人物だけを見てもわかるようにより複雑になっている。

四月一八日に掲載が始まった「時花唄」は、五月一五日まで二七回にわたって連載されている。その第一回は、待ち合わせた場所に、遅れてやってきた加那を松吉がなじる場面から始まる。

松吉は、加那が心変わりしたのではないかと疑っている。それゆえ、「真実の事」を話して欲しいと懇願する。それに対して、加那は、ありもしないことを疑うからには何か「確かな証拠」を掴んでいるはずであり、それをみせて欲しいといった応酬が続く。加那の「夫婦約束までした仲」だし親兄弟もなく「お前さん一人を頼りにして」いるという言葉で、松吉は、邪推したことを謝り「二人はどんな事があっても離れる事は」ないと誓う。

その時、女の懐から「赤い絞りの手拭」が落ちる。松吉が、それは神谷から貰ったのだろうと問い詰めると、加那は、汀間屋の者は皆土産だといって神谷からもらったのだから特に意味はないと弁解する。

加那と別れて一人になった松吉の所へ、軍八と彼の娘がやってくる。軍八は二人が会っていたのを見て、もてあましものの加那などにかかわらずに、お前を好いている自分の娘を嫁にしろと説得するところで第一幕が終わる。

第二幕は、連載第八回目の途中から始まる。月夜の晩、汀間と安部の境界に当たる浜辺に上げられた小船の端に、松吉が一人腰を下ろしている。二、三日会わなければこっそり忍んできた加那からの音沙汰がない。神谷が汀間屋に宿をとってからの加那は何となくおかしくなっているように思え、悶々としているところへ、加那の従兄弟の金太が遊んでの帰りらしく酒壷を片手にやってくる。金太は、松吉が加那を思っていることを心から喜ぶとともに、加那にいいよる男どもが多いのを心配していると嘆き、二人が夫婦約束していることを一刻も早く皆に教えたいという。松吉は、気になっていた手拭のことを金太に聞く。正直者の金太は、そのことについては何も知らないと答える。金太が帰ったあと、神谷と加那が手を取りあって歩いてくるのを見て、松吉は驚く。神谷の言葉は、加那を夢中にする。来年は金を揃えて迎えに来るという神谷の言葉に、加那は都に上ることがかなったかのように喜ぶ。加那の様子を隠れて見ていた松吉は、怒りに震える。神谷と加那は、誰かに見られたのではないかと恐れ、足早に去る。

連載第一五回目から第三幕に入る。松吉の父蒲助は、言いつけられた仕事もほったらかし、朝から晩まで三味線を抱いている松吉を見て気が狂ったのではないかと心配する。松吉は小唄の節付けをしているという。蒲助は百姓が小唄など作って何になるという。松吉は、「いくら役人でも人民をいじめたり、女を欺ましたりするような奴は」許して置けないし、仕返しをする必要があるといい、神谷と加那とのことを話す。松吉の話を聞いた蒲助も、そういうことなら、平等所の役人に知っているのがいるので一部始終を訴えるという。それではこちらの恥さらしになるという松吉に、蒲助は「お上の御威光で以って下人民を虐めて歩く」ものをそのままにしておくわけにもいくまいし、表ざたにしないで役目を下ろす工夫がないものだろうかと問う。松吉は、二人が兼下の浜で逢引していたことを小唄に作って村中に流行らせば、半年後には、都まで流行るかも知れないではないかと答える。蒲助は、それはうまいことを思いついたと膝を打ち、その歌を聞かせてくれという。松吉が「汀間と」を歌って聞かせると、それは間違いなく流行り世間を騒がすだろうと太鼓判を押す。

女たちが集まって、神谷はかの名高い平敷屋の生まれ代わりのような気がするといったうわさ話をしているところへ、「汀間と」を歌いつつ男が登場してくる。歌を聴いたものたちは皆、一応に教えて欲しいといい、声をそろえて歌う。その歌を聞いて驚き、倒れかかる加那を、松吉の妹おつるが支える。神谷もその歌を聞いて、色を失うと同時に激怒する。そしてお上の御用で来ている首里の役人に恥をかかすような歌を作った奴は誰だといい、丸目加那なんていう女を自分は見たこともない、そういう女がこの村にいるなんてことも知らないとうそぶく。歌を歌っている男を捕まえて、誰が作ったか白状しろと迫る。

神谷は、この歌が上役の耳に入ったらどんなことになるかを思い心配する。加那は、村中の者から爪弾きされ、生きた心地もしない。二人になった所で、神谷に、加那が、何処へなりと連れて行って欲しいとすがりつく。神谷は、お前のために苦痛と恥辱を受けていると誇り、お前が生きようが死のうが自分の知ったことではないと突き放す。加那が首里に連れて行ってくださいと懇願するのを、神谷はうるさい女だと押しのけ逃げさる。加那はそのときになって初めて松吉が、神谷を鬼、蛇、女たらし、嘘つき、薄情者だとののしっていたことを思い出す。松吉に一目会いたいと思う。

松吉の妹おつるは、加那を自分の姉のように慕っている。おつるは、加那が謝ったら兄の松吉はきっと許すに違いないと信じ、一緒に兄の所へ行こうと加那をさそう。

水汲みに行ったおつるの帰りが遅いのを心配している蒲助、松吉親子のところに軍八が現れる。うわさの主である加那のことを忘れ、さっさと松吉が自分の娘を嫁にするよう説得してくれと蒲助に頼む。そこにさらに「汀間と」を歌って、神谷にとっちめられた男が登場し、先ほどらいのことを話すとともに、おつるが加那と一緒にいたことを話す。軍八は、蒲吉が家を立て直したいと思っていることを知っていて、娘を嫁にするなら金を貸してやってもいいという。それに、松吉が反発したことから、口論になり、娘の話から去年貸した金を今すぐ返せといったことになり、返すまでここを動かないと頑張っているところへ金太が現れ、松吉に加那のことを謝る。松吉は、恨んでなどいないが、このままでは生きていられないという。金太は、松吉が本当に加那のことを好きだと知る。金太が松吉を慰め、励ましているところへ、おつるが、加那の手を引いて来る。金太は、加那を見て、つっかえそうとするが、おつるが中に入って、父蒲助に、加那は悪い人間ではないし、一時の心の迷いで悪者に騙されたのだから助けてやって欲しいと懇願する。許してくれなかったら加那は死んでしまうという。

加那がやってきたのを見た軍八は、こんな女の居るところにいると汚らわしいので、早く金を返せと催促する。蒲助は、期限まで待って欲しいと繰り返すが、軍八は聞き入れようとしない。それを聞いた加那は、金太に耳打ちし、金太が、大急ぎで出て行く。すぐに戻ってきた金太は、軍八に金を突きつけ、さっさと帰れと追い返す。蒲助は驚き、金太に説明を求めると、その金は、加那が子供の頃から溜めておいたものであるという。それを聞いた松吉は、汚れた女の金を借りる道理はない、死んでもそんな金で助けてもらうには及ばない、いますぐ軍八から金を取り戻して来るといって、飛び出そうとするのを、男が止め、気を静めるようにとさとす。松吉は、加那のために二度までも恥をかかされてはたまらないと、男と押し問答していると、蒲助が、加那がここに来るのにどんなに苦しみ後悔しているか、そして今死ぬ覚悟をしているのを知らないのかとしかりつける。お前が助けてやらないと、死ぬほか道はないし、おつるだって何をするかわかったものではないという。おつるもまた、加那を助けてほしいという。

松吉は、妹の言葉を聞いて、自分の心の狭さを知らされ、おつるに、分かったといい、心配するなといって抱き寄せる。

「時花唄」は、そのように、①疑惑で幕が開き、②疑惑が事実に変じ、③復讐を誓い、④復讐が成功し、⑤元のさやに戻るといった構成で、田舎ものの無知（加那）や偏狭さ（軍八）、純朴（おつる）、一徹（松吉）、義理固さ（蒲助）を描き、広い心をもつ事の大切さを説いたものとなっていた。

五

ハッピーエンドのそれこそ典型的な道徳劇とでも言えるような劇が、何故、上演禁止になったのか。作者ならずとも、問いただしたくなるだろうが、無知無能、無謀だと攻撃された警部は、上間がいうほど無知無能であったのだろうか。

劇場取締規則が制定されたのは一八八二年（明治一五）、それが一八九〇年（明治二三）八月には改正され、さらに一九〇〇年（明治三三）一一月になって再び改正されるが、この新規則で、脚本検閲が面倒になったという。

伊原敏郎の『明治演劇史』によると「即ち禁制の条件は、勧善懲悪の主旨に背戻するもの、台詞所作等にして猥褻又は残酷に渉るもの、政談に紛らわしきもの、その他、台詞所作等に於て公安もしくは風俗を害する虞れあるものとしてある。なお当時の内規によると、それが一層厳密に定められてある」として、次のようなものが上がっている。

一、室の尊厳を瀆し、不敬の行為に渉るの虞れあるものは勿論、又皇威を発揚し、忠君勤皇の志気を奮起せしむるが為なりとも、苟も事の皇室に対し不遜の痕跡を印するの虞れあるもの。
二、残虐不倫の脚色にして、観者の神経を害し、児童に恐怖の念を惹起さしむる虞れあるもの。
三、現時の外交政策を風刺し、又は批評容喙する人物を脚本中に存在せしむるもの。
四、猥褻に関する事は無論否認せらる。即ち昔時の濡れ場の如き、親子兄弟が相共に見聞し得べからざる等のもの。
五、盗賊等、犯罪の実状を演じ、或はこれを幇助する等の痕跡あるもの。

このような「内規」や「禁制」を広く解釈すれば、警部は、言を左右にするまでもなかったであろう。それは例えば神谷と加那の密会の場が、「風俗を害する虞れ」のある「濡れ場」であるとして、或は、松吉を「現時の外交政策を風刺し、又は批評容喙する人物」であるがゆえに「規則」に違反しているとして、堂々と禁止することができたはずである。

それを、さまざまな理由をつけたことで上間に振り回されたのは、「規則」をよく勉強してなかったということよりも、「時花唄」が、誰でも知っていた唄や話を下敷きにしていたことにあったのではなかろうか。「時花唄」は、いってみれば高級すぎたのである。

「劇の革新」を論じた社説（一九一六年三月一一日）に見られたように、「高き芸術的価値を有する新しき劇を演ぜんは望ましきことなるが一般人士をして一足飛びに芸術的価値多き劇に興味を覚えしめる訳にも行かざれば価値高き劇の試は之を一部の人士に任かせ一般には芸術味は少くとも在来の劇よりは今少し価値ある劇を提供して漸次趣味の向上を図るべきなり」といった主旨に副うかのごとく、警部は「芸術的価値多き劇」を禁止にしたのである。警部は、誰でも知っている「汀間と節」や「汀間物語」からそれほど遠くない「在来の劇よりは今少し価値ある劇」でいいと考え、そうしたのである。

「演劇革新」のためになされた演劇が、上演を禁止され、最終的には「改悪」されて上演されるといった事態が語っているのは、演劇界だけでなく演劇に対する一般人士の対応が、まさしく「社説」の説いていたとおりであったことを証する以外の何ものでもない。

上間の「時花唄」と「汀間物語」を分かつものは、多分、後者が主人公の「風流な復讐は見事に功を奏した目出度し目出度しで終わる単純な復讐劇とでもいってよかったものが、前者では主人公が「己はどうしてこんなに心が狭いんだろう」と、己の狭量さを反省するといった、懊悩する魂の遍歴とでもいったものになっている点にあった。

それは、復讐劇から心理劇へと、一つの物語が生成変化していったことを語るものともなっているし、そこにはまさに「劇の革新」が見られたといっていいだろう。そしてそれを、可能にしたのは、間違いなく、シェークスピア劇を知ったことにあったといっていい。

シェークスピア劇は、既に明治の中期から沖縄でも演じられるようになっていた。その物語の幾つかは、例えば「泊阿嘉」が沖縄版「ロミオとジュリエット」といわれるように、シェークスピアが下敷きとなって新しい沖縄の歌劇を生んでいくように、上間もまたシェークスピア劇の「鍵」となるものを、大胆に取り込んで、劇を新しいものにしていたのである。

松吉が「真実の事」を話して欲しいというのにたいし、加那は、「確かな証拠」を示して欲しいというが、そこには、あのシェークスピアの「オセロ」が、大きく被さっていた。「オセロ」の悲劇は、間違いなくデズデモーナを愛しすぎたことにあるといっていいが、その悲劇の発端は、よく知られているように「ハンカチ」にあった。

上間はそれを「手拭」に替えた。上間の脚本に、シェークスピア劇のような激しさは求めようもないが、そこには多分、演劇を革新するための、一歩とでもいえるものが刻印されていた。

七

潮会の脚本募集の試みは、成功したといっていいだろうが、それをみすみす那覇署はつみとってしまったといっていいだろう。そしてそれは「劇場取締規則」といった、解釈の仕方では、全ての脚本を上演禁止にすることができるような「検閲制度」とともに、演劇に対する役者や一般観客のありかたに問題があった。「時花唄」を「汀間と」にしたことで、どれだけ沖縄の演劇界が打撃を受けたか計り知れないものがある。

一九一七年(大正六)一二月三〇、三一日の両日『琉球新報』は、紅生なるものの手になる「本年の梨園界を振り返って」(上)(下)を掲載しているが、紅生はその(上)で、「六月には募集脚本上間氏作「時花唄」を上演するに当り警察の干渉問題で世間を騒がしたが、とうとう筋を訂正して興行する事になったので我劇界は時ならぬ活気を呈した」といい、その(下)で、次のように書いていた。

茲にどうしても見逃すことの出来ないのは、彼の『時花唄』事件である。従来本県芝居道の幼稚は特に脚本の作家なく、役者が集まって低級な女を標準として狂言を仕組み、脚本もなく科白も出鱈目に演ったのに原因している。茲に於て広く脚本を募集したのは本県劇界の一大進歩で、実に天来の福音であった。そこで役者も真面目になり、観客亦緊張し我が劇界の将来は実に刮目して待つべかりしに、突如として無智な一警部に依って目茶目茶にされ、本県演劇界の進歩を阻害したのは、一大痛恨事である。一体芸術等を理解力の低級なる警官等が彼れ此れ干渉する事は社会の進歩を阻害すること甚だしいもので、洵に不快を感ずるものである、此の事は特に堀口警察部長及高橋署長の反省を煩わしたい。尚一言したいのは全く目茶目茶にされた『時花唄』を上場した役者の不真面目に飽き足らず思った。役者はもっと自重して欲しいものである。

紅生は、警察官の無智を切り、返す刀で役者を切っていた。「時花唄」が、一九一七年（大正六）中の劇界においてどれだけ大きな事件であったかは、この年間回顧がよく語っていよう。問題は、無智な警官だけにあるのではなく、改悪された脚本を上場した役者たちにもあるという指摘が、どれだけ役者たちに通じたか、劇の革新ということでは、むしろそこが問われてしかるべきであったかとも思える。そしてあと一つ、「演劇の改良」や「懸賞脚本」の募集を旗印にして結成された「沖縄演劇協会」が、「時花唄」をめぐる問題に、何一つ積極的な発言をしたように見えないのは、一体何故なのか。一言あってしかるべきはずであるにも関わらず、それが見えないのは、演劇の「改良」が、それだけ困難であったことを、それとなく語っている証左だといえないこともない。

王国の解体
――「首里城明渡し」をめぐって

はじめに

山里永吉は、『私の戦後史』を纏めるにあたって「順序として幼少のころより話を進める」として生年、出生地、家庭環境を記す事から始め、一九二三年（大正一二）上京し一九二七年（昭和二）帰郷したこと、帰郷後、家業を手伝いながら「脚本や評論などを新聞に発表したりしていた」ところ伊良波尹吉、真境名由康、島袋光裕の三人がやってきて「芝居の脚本を書いてくれ」といわれ「一向宗法難記」を書いたこと、そのあと伊良波に次の出し物も「すぐ書いてくれ」と催促され「芝居の楽屋で、太鼓の音を聞きながら」「首里城明渡し」を仕上げたといったことを書いていた。[1]

伊良波、真境名、島袋の三人が山里を訪問したのは、「行詰り」「不振の状態」にあった沖縄芝居に「何とかして新風を吹き込まなければ」という使命感によるものであった。[2] 三人の依頼を受けて書かれた山里の第一作「一向宗法難記」は、一九三〇年（昭和五）二月大正劇場で開演し「相当の成績」をあげて、不振だった沖縄芝居の愁眉を開く。翌三月同じく大正劇場で第二作の「首里城明渡し」が幕を開ける。

初演で内務大丞松田道之と宜湾[3]親方の二役を演じた島袋は、「一カ月余のロングランを記録するほど大当たりをとった」といい、山里もまた「大正劇場には首里、那覇だけでなく、山原や糸満あたりからも客馬車を借り切って見に来る。沖縄芝居をみてもしようがないといっていた連中まで押しかけ、連日大入りが続いた」と述べているように、大当たりに当たり、沖縄芝居に新風を吹き込んだ。

「首里城明渡し」は、「ちっ居した宜湾の邸へ亀川が訪ねてきて大激論となるところからはじまり、明治政府の強行によって、ついに明治十二年三月二十一日、首里城を明け渡して尚泰は中城御殿へ移されたところまでを扱っている」と島袋光裕は要約している。島袋が要約している通り、「宜湾の邸へ亀川が訪ねてきて大激論となる」「序幕」に始まり、尚泰が「中城御殿へ移されたところまで」を扱った「四幕七場」からなる芝居は、世に言う「琉球処分」を劇化したもので、山里はそれを「明治政府の琉球政庁に対する圧制と恐かつ、支那党と日本党のあつれきを、亀川親方と宜湾親方に代表させ、親子の新旧思想の衝突を亀川親方と亀川里之子に演じさせた」としている。

「首里城明渡し」は、確かに明治政府と琉球政庁の応酬、中国派と日本派の確執、世代間の衝突が取り上げられているが「この劇には主役らしい主役はいない」と島袋はいう。そして「宜湾にせよ、亀川にせよ、また池城、津波古にせよ、決して主役ではない。もちろん尚泰も主役ではない。この人たちはみんな、尚寧王以来続いた薩摩の横暴に内心すごい反感をもっているけれども、だれも正面切って反対することは許されなかった。したがって、ここで劇全体の主役が出てくるとなれば、どうしても犠牲者

となら ざるをえない」といい、「琉球全体が犠牲者である」ことを示さんがために、この芝居は作られたと見ていた。

演者によって「琉球全体が犠牲者である」と受け取られた芝居の戯曲は、『琉球見聞録』に取材したものであると山里はその出所を明かしていた。山里は『琉球見聞録』のどのような箇所を踏まえていただろうか、また「首里城明渡し」には、「第十一回沖縄名士劇」を行った際の台本が残されているが、両者には幾つかの相異が見られる。なぜそのような相異が生じたのか、検討していくことにしたい。

宜野湾と亀川の対立―序幕

「首里城明渡し」は、宜野湾親方が「梯梧の下の切石に腰を下ろして読書をしている」ところへ、亀川親方が訪ねてくるところから始まる。亀川は、宜野湾が客間へというのをことわるだけでなく、宜野湾の時候の挨拶にたいして「宜野湾親方！花が咲かうが咲くまいが、今は如何言ふ時節ですか。今日、内務大丞松田道之が御城に上つて、太政大臣三條公から御主加那志への書簡を差上げた事を未だ御存知ないのですか」ときり出す。

亀川が宜野湾を訪ねてくる序幕は、山里が述べていた三つの焦点のうちの一つ「支那党と日本党のあつれき」、すなわち「首里城明渡し」をめぐる両党の意見の相違を鮮明にするかたちからなっていた。動乱を十分に予感させる幕開けである。

「首里城明渡し」は、いわゆる「琉球処分」を扱ったものである。「琉球処分」について金城正篤は「琉球処分とは何か」と問い、「明治政府のもとで沖縄が日本国家の中に強行的に組み込まれる一連の政治過程をいう」として、「この過程は、一八七二年(明治五)の「琉球藩」設置にはじまり、一八七九年(明治一二)の「沖縄県」設置をへて、翌年の「分島問題」の発生と終息に至る、前後九年間にまたがり、この時期は沖縄近代史上、琉球処分の時期として位置づけられる」としている。[4] 山里が「取材」したという『琉球見聞録』も「明治五年」から書き出されていたが、「首里城明渡し」の序幕、亀川が宜野湾を訪れてくる場面は「明治八年三月」になっている。

一八七五年(明治八)の項を『琉球見聞録』で追っていくと「六月八日朝廷使者内務大丞松田道之六等出仕伊地知貞馨及び随行官吏五六名を携帯し汽船大有丸に駕し国に至る」とあり、そして「十二日(新七月十四日)松田大丞使命を傳ふる為め伊地知六等出仕随行員を携へ首里城に詣る藩王寒胸病中にありて王弟今帰仁王子(朝敷尚弼)を名代と為し摂政三司官及び衆官按司親方有職の官吏数十名南殿に参集列席し朝使を見る松田大丞乃ち三條太政大臣の書簡及び己が説明書一々朗読し畢て今帰仁王子に授く」として太政大臣三條実美から「琉球藩」に当てられた明治八年五月二九日付の「書」が読み上げられている。読み上げられたのは「一其藩ノ儀従来隔年朝貢ト唱へ清国へ使節ヲ派遣シ或ハ清帝即位ノ節慶賀使差遣ハシ候例規有之趣ニ候得共自今被差止候事」そして「一藩王代替ノ節従前清国ヨリ冊封受ケ来リ候趣ニ候得共自今被差止候事」といったのであった。

亀川が宜野湾の時候の挨拶に業を煮やし「今日、内務大丞松田道之が御城に上つて、太政大臣三條公から御主加那志への書簡を差上げた事を未だ御存知ないのですか」といったのは、この部分と対応している。

『琉球見聞録』に記載された略記からわかるように、松田が来沖したのは「六月八日」、そして首里城に入り三條実美の書簡を読み上げたのが「十二日」である。

「首里城明渡し」の序幕、亀川が宜野湾を訪れ、「今日、内務大丞松田道之が御城に上つて」云々の言葉を投げつけたのは、六月十二日（新七月十四日）」でなければならないはずだが、山里は、それを「三月」にしていた。

山里が、史実を枉《ま》げてあえて「三月」としたのは、『琉球見聞録』の期日記載を疑問としたことによるのではなく、三月にしなければならなかった理由があるからにほかならない。そしてそれは間違いなく「宜野湾親方朝保の屋敷の庭、舞台上手に枯葉をつけた大きな梯梧の木が一本立つてゐる」とある「梯梧の木」と関わっているはずである。

亀川は、宜野湾の時候の挨拶「崇元寺の梯梧は真盛りだそうで御座いますね」というのをにべもなく一蹴していたが、真っ盛りの「崇元寺の梯梧」を出すためには旧「三月」でなければならなかったというだけでなく、序幕の最後の場面「梯梧の枯葉はら〳〵と散る」のト書きのあと

池城　（見上げて）散る散る。あゝよく散るなあ

宜野湾　散るべき時が来れば何でも散るものだ。散るべきものが散つて仕舞えば、また新しい花が
　　　真赤に燃え出るのぢや。
　　二人梯梧の木を見上げる。
　　梯梧の葉又一しきり散る。

といった場面を生かすための措置であったといっていいだろう。「梯梧」の葉が散りしきるのは、宜野湾の言葉に込められた再生への道程を示さんがためのものであったといえないこともないが、それはむしろ「落城」を示唆するための装置としてあった。

序幕は、「落城」が迫っている事を前景化するために、あえて史実の期日を無視していたが、「支那党と日本党のあつれき」すなわち亀川と宜野湾の意見の相違は、史実によっているといっていいだろう。

亀川が「事がこう言ふ風になつて来たのは誰方の責任ですか。四年前貴方々が東京で、御主加那志を琉球藩王にすると言ふ事を御受けして来た為めではありませんか」といって責めるのは、一八七二年（明治五）七月「王叔伊江王子法司官宜野湾親方」等が「皇政維新を奉賀」するために東京へ遣わせられ、「朝観の日我国王を藩王に封ず勅詔」を「下渡」され、帰国してきたことを受けてのものであった。

宜野湾親方等に「下渡」された「勅詔」は、「朕上天ノ景命ヲ膺リ万世一系ノ帝祚ヲ紹き奄ニ四海ヲ有チ八荒ニ君臨ス今琉球近ク南服に在リ気類相同ク文言殊ナル無ク世々薩摩ノ附庸タリ而シテ爾尚泰能ク勤誠ヲ致ス宜ク顕爵ヲ欶フヘシ陞シテ琉球藩王ト為シ叙シテ華族ニ列ス」というものであった。

『琉球見聞録』は、「此時三司官は宜野湾親方川平親方（朝範向麟趾）亀川親方（毛允良）なり三司官の使命を奉ずる例規に據れば宜野湾親方は前に両回使命を薩州に奉ずるを以て今度の使命を免るべし川平は多病にして梯航艱難に堪へざるを以て亀川を副使に命ぜらる然るに亀川は齢六旬を超え衰老使命に堪へ難きを以て病と称して之を辞す故に宜野湾に改め命ぜらる亀川蟄居朝せず数十日終に官を辞す」と書いていて、宜野湾は、免れてしかるべきであった使命を奉じ、使命を奉じなければならない立場にあった亀川はその任を果たさなかったことがわかるが、亀川と宜野湾の確執は、その時既に決定的なものになっていたといっていいだろう。

亀川　抑も我琉球国は古い昔から支那皇帝の鴻恩を受け、国王代替りの時は代々その冊封を受け隔年毎の進貢はもとより、皇帝御即位の節は慶賀使を差遣し、万里の波濤を越えて彼から受ける御恩は決して少ないものではありません。殊に清朝に及んでは優渥の上に優渥を加へられて居ります。今その恩を忘れ、支那との交りを絶つて了つては一体我琉球はどうなると思ひますか。勿論、我琉球は海洋に孤立した弱い国です。どうして支那の保護がなくして国が建つて行けますか。

宜野湾　（静かに）支那からの御恩は決して忘れては居りません。然し大和の勢にも恐れない訳には行きません。

亀川と宜野湾の意見の対立は、前者が「支那の保護」をというのに対し、後者は「大和の勢」をとりたいとするところから出ていた。両者の違いを端的に示す言葉が「時勢」であった。宜野湾は「只時勢に従って行くだけです」という。一方亀川は「時勢には従ひたくありません」という。

亀川が、「時勢」に従いたくないのは、「遠くは慶長の昔、尚寧王の御事もあり、近くは尚豊王が薩摩藩島津公から賜つた毒茶を頂いて突然薨ぜられた事」があるといった「卑劣な事」をすることに対してだけでなく、「いじめられ」てきたという思いがあるからにほかならない。そのことに対し宜野湾は、それらはすべて「島津公との話」であり「今度は畏れ多くも朝廷からの御沙汰」であるということによっていた。

新旧世代の衝突——第二幕

「隔年の朝貢」も駄目だし「御主加那志代替わりの時にも冊封を受けてはならない」といった内容からなる松田によって読み上げられた「詔書」は、すぐに城下の若者たちの口に上るまでになる。そして「一切支那と交通してはいけない」ことによって差止めになる「支那留学」のかわりになされる「内地に留学」の件に関する罪のない「冗談」のやりとりが、第二幕第一場の始めに若者たちのあいだで面白おかしく演じられていく。

それは、王国の将来に関わる激論ではじまった序幕の緊張を緩和するための手立てとして、取り入れられた、すぐれた劇作法であった。

若者たちの「人選」を巡る「冗談」によるどたばたのあと、内地へ留学するものたちの名前があげられていくが、それは「知花親雲上に安村親雲上それから松島里之子、知念里之子、津波古里之子、亀川里之子」の六人だという。しかしその内の一人「亀川里之子」は欠けることになるという。

亀川親方が、息子の内地留学に反対したためで、そのために亀川里之子は、昼から酒におぼれている。呑んで酔って帰る息子と出会った父親は、息子を打擲《ちょうちゃく》「お前に何の不満があるんだ」と問う。

子　父上、今日御城内の御評定は如何なりましたでせう。

父　富川親方が再び支那へ嘆願に行く事に定つたのだ。今度こそは大丈夫だ。

子　父上！　貴方は未だお目が覚めませんか。

父　なに！

子　貴方には時勢がお解りにならないのですか。父上どうぞ私を大和へ留学させて下さい。

父　お前の性根は未だなほらないのだな。貴様の曲つた性根はこうしてなほしてくれる。

父、再び子を打擲する。

松田道之の読み上げた「詔書」には清帝即位の際の「慶賀使」の派遣禁止、国王代替の際の「冊封」の禁止といった事項だけでなく、「学事修業時情通知ノ為人撰ノ上少壮ノ者十名程上京可致事」があった。それを受けて首里王府は、知花里之子親雲上歳二十九、安村親雲上歳二十八、松島里之子親雲上歳二十八、知念里主歳二十、大里里之子歳十九、津波古里之子歳十八の六名の「上京者」名簿を提出しているが、そこには亀川里之子の名前はない。

山里の史実の改変は、期日だけに留まらなかった。舞台を劇的なものにする上での必要なら、それほど史実にこだわらなかったのである。

第二幕第一場は、山里が述べていた「親子の新旧思想の衝突」を取り上げた箇所だといっていいだろうが、親子の衝突を劇的なものにするためには、「学事修業時情通知ノ為人撰」は格好の素材であった。第二幕は、「親子の新旧思想の衝突」だけを取り上げていたのではない。第二幕第二場は「亀川親方の宅」の場であるが、そこでは池城里之子との「衝突」が取り上げられていた。

池城里之子は、亀川親方の娘思鶴の許婚である。「序幕」で、宜野湾親方のもとを「談論無用」だとして去ろうとした亀川親方を引きとめるかたちで登場し、「宜野湾親方の御心をもつとお察しして下さい」というのへ「お前も大和党か」と難詰されたあと、「お前には色々話すこともあるから家に待つてゐてくれ」といわれる。

池城里之子が亀川邸にやってきたのはそのためだけでなく思鶴との「婚礼」を一月後に控えているためでもあるが、亀川が「家に待つてゐてくれ」といったのは、「婚礼」の件などではなかった。

亀川は、池城が現れると早速「支那へ行く気はないか」と問う。池城が「何しに支那へ」と問い返すと「学問をしに」だといい、「出世がしたくないのか」と言う。池城は、「支那で学問して」きたとしても、今の時代には出世の役に立つとは思われないという。亀川は、翻意を促さんとして「三司官が皆支那へ留学した人達である事を知らないのか」と畳みかけるのへ、池城は、それはこれまでの話で「これからの世の中は大和学問をしなければ立身は出来まいと思われます」と応じる。

亀川は、池城が宜野湾の感化を受けていることを知り、「宜野湾がそんなに偉く見えるのか」と問う。池城は「私達が考へてゐるよりもつと偉い人だと思ひます」と答える。

亀川　「お前は未だ子供だ。第一、人を見る明がない。兎に角この親方の言ふ事を聞いたら決して間違ひはないから、家の真山戸も一緒に支那へ留学するやうにしなさい。

池城　折角でございますがお断り致します。

亀川　断る？（きつとなる）お前はこの舅の言ふ事も聞かないのか。

池城　それとこれとは別問題だと思ひます。

亀川　貴様もそれ程性根がくさつてゐるのか（立上る）

亀川親方が「立上る」所へ「真山戸」の亀川里之子が現れ、池城が間違っているのではなく「貴方が時勢を知らない」のだと、池城を弁護する。「貴方は只支那支那」といっているが「一体支那がどれほど頼みになると」思っているのか、「幸地親方が嘆願に行つてから半年になる迄支那から何等の救ひも来ない」ではないか、老人はそれでいいのだろうが、若いものとっては「當にならないものを當にして待つ」ことは出来ないし、池城の考えが「今の青年の気持ち」であり、貴方には「今の青年の気持ちはわからない」のだという。

亀川は、親に逆らうのかといい「拳を振り上げて息子を打たうとする」が妻のまかとに止められる。

亀川の悲憤はおさまらず、池城に向って「もう貴様とは婿でもない舅でもない。帰れ！」と怒鳴る。

亀川が去った後、しょんぼりしている池城のところへ思鶴が走り出てきてとりすがる。

思鶴　お父様は、お父様は（泣く）

池城　お父様が悪いのぢやない。時代が悪いのだ。

思鶴　妾達はどうなるの　でございませう。

池城　思鶴、二人共悪い時代に生れ合せたのが一番不幸だつた。

思鶴　でも、でも……。

池城　心配する事はない。今に新しい時代が来るのだ。吾々が、もつと人間らしく生きられる時代が屹度やつて来る。

第二幕の第一場は、「親子の衝突」を描いていたが、第二場は、婿として迎えることになっている青年との衝突が描かれていた。そのことからして第二幕は、「新旧思想の衝突」に焦点を絞っていたといっていいだろうが、勿論それだけではない。動乱の中にあっても「縫い物」をする生活、親、兄弟を慕い、恋する心を失うことのない青春の姿が描き出されていた。しかし、そのような家庭生活の中まで、否応なく動乱が及んでしまうことを、第二幕はまた如実に語るものとなっていた。

序幕から第二幕にかけては、亀川親方と宜野湾親方、亀川親方と亀川里之子、亀川親方と池城里之子といったように舞台は進行していた。時代に取り残されて行きそうな人物が、劇を進行させていたということになる。「落城」の物語にそれはふさわしい展開であったといっていいだろう。

明治新政府と琉球王庁との応酬——第三幕

舞台の第三幕は「明治十二年三月二十七日　首里城大広間」で「舞台上手には琉球処分官内務大書記松田道之（四十歳）木梨清一郎等内務省の二三の官吏、下手には亀川親方、津波古親方、浦添親方、富川親方、池城親方等が相対して坐つて居る」場で、津波古親方の言葉で始まっていく。

津波古　此琉球は昔から支那に朝貢をつかはし、又国王代替りの節は支那皇帝の冊封を受ける等支那から受けた恩は決して少ないものではございません。今琉球がその恩を忘れ支那と離れましたら、国としての信義が何処に立つでせう。

津波古の言葉に松田は次のように応じる。

松田　貴方の言はれる事は一応道理のやうですが、然し考へて見まするに支那から色々な恩を受けた国は只琉球ばかりではありません。支那はもとより他の国々より先に開けました為、日本も彼から孔孟の道を学び、支那の文字を用ふる等其恩は決して少いものではありません。然し、今では支那よりも開けた欧米各国の学問を学んで文明開化に進み、彼等から受けた恩たるや又支那のそれと異なりません。——今琉球が従前の通り支那日本の両国に属したまま、自分の立つ処を失つた時には、もし日支戦を交えた時当藩は日支何れへも付きがたく、実に困つた立場になるでせう。だから宜しく万国の形勢を察し支那と離れる事が目下当藩のとる可き道かと思はれます。

第三幕のト書きに記された期日「明治十二年三月二十七日」は、『琉球見聞録』記載の期日に従えば、尚泰が首里城を出る前々日であり、右のような議論がなされているのは、「明治八年八月二十日（旧七月二〇日）」である。

一九七五年（明治八）八月二〇日「摂政三司官は松田大丞の説明書弁論の為め與那原親方幸地親方喜屋武親雲上内間親雲上（大宜味親方の長男）新里親雲上（伊舎堂親方の長男）を伴ひ松田大丞の旅館に到れば松田伊地知其他官員列席して相見る松田曰其方の情実は予已に了承せり本日は専ら条理を以て充分弁論を尽されたし又互に役場を離れ一己人の資格を以て意見のある所を腹蔵なく吐露せられんことを望む浦添答て口頭を以ては言ひ尽し難きもあり且誤謬を生ずるの虞あるを以て弁論書を調整し来れり高覧に供せんと云て左の書面を提出せり」として九項目からなる「弁論書」を提出。

第三幕の松田、津波古等の議論は、九項目を「朗読し仍て左の弁論をなしたる」として提出された「弁論書」をめぐる論議を踏まえて構成しなおされたものであった。

山里が第三幕の「首里城内の大広間」の場の期日を「明治十二年三月二十七日」にしたのは「来る三十一日（旧三月九日）正午十二時限り居城退去、尚泰東京へ出発迄は嫡子尚典の邸宅へ居住する事」と繋げる必要から出てきたものであったに違いない。一九七五年（明治八）から一九七八年（明治十一）までの経緯は、そのほとんどが琉球王府の優柔不断策とでもいえる言を左右にした処分延期画策の繰り返しに終始したといっていいものであり、決定的な動きが見られない時期であった。八年に下された処分策が断行されたのが一二年であったことから、両者を結びつけたのであり、劇の作法として当を得たものであったといっていいだろう。

「明治政府の琉球政庁に対する圧制と恐かつ」を取り上げた第三幕は、そのように、史実の期日を大きく変えていたが、それは、「圧制と恐かつ」を鮮明にする方法であったといえようし、また山里は、そのことを際立たせるための後一つの方策として、清国に関する件に的を絞っていた。いわば「支那党」対「大和党」の対立に焦点を絞ったといっていいだろう。それは一八七五年（明治八）六月一二日（新七月一四日）松田道之が、三司官をはじめ衆官を前に三條実美の「書簡及び己が説明書」を朗読した、その「説明書」の最後に見られる「鎮台分営ヲ被置事」についてはまったく触れてなかったことでも明らかである。

「鎮台分営」設置の件については一八七五年五月七日「其藩内保護ノ為メ第六軍営熊本鎮台分遣隊被置候條此旨相達候事」として真っ先に通達されていたことから、松田はそれが最重要事であることを知悉していて「説明書」の最後に「鎮台分営ヲ被置事」を付け加えたといえる。

「説明書」はまず「此件ハ既ニ御達シニ相成リタル部ニ属セリ抑モ政府ノ国内ヲ経営スルニ當テハ其要地所在ニ鎮台又ハ分営ヲ散置シテ以テ其地方ノ変ニ備フ是政府国土人民ノ安寧ヲ保護スルノ本分義務ニシテ他ヨリ之ヲ拒ミ得ルノ権利ナシ是断然御達シニ相成リタル所以ナリ」として、次のように述べていた。

　藩内姑息ノ人或ハ言ハン夫レ琉球ハ南海ノ一孤島ニシテ如何ナル兵備ヲ為シ如何ナル方策ヲ設クルトモ以テ他ノ敵国外患ニ當ルベキ力ナシ此小国ニシテ兵アリ力アルノ形ヲ示サバ却テ求テ敵国外患ヲ招クノ基トナリ国遂ニ危シ寧ロ兵ナク力ナク惟礼儀柔順以テ外ニ対シ所謂柔能制剛ヲ以テ国ヲ保ツニ如カズト此言ヤ琉球ヲ一独立国ト見做シ独力自ラ他ニ當ルノ責ヲ有スルノ論ニ似タリ其見識亦大ニ謬レリ抑モ琉球ハ此政府版図ノ一国ニシテ独自他ニ當ルベキノ責ナク其強ト云ヒ弱ト云フ皆日本全国ノ責メナリ敵国外患ノ琉球ニ於ケル政府基ヨリ琉球一国ノ事ヲ以テ処分セズ即チ日本全国力ヲ以テ之ニ當ルベシ彼亦琉球一国ヲ以テ敵トシ視ズ日本全国ヲ以テ敵トシ視ルベシ故ニ豈ニ琉球一地方ノ形ニ因テ敵国外患ヲ防グノ得失ニ関センヤ

「説明書」から窺われるのは、鎮台分営の設置に対して琉球側は反対であったということである。理由は、兵を備えることで外敵を招き、果ては国を滅ぼすことにもなる、という認識が琉球の官員たちにあったことによるが、明治政府はこのことは、確定されたことでありいかなる反論があろうとも決して受け入れられるものではないので速やかに「遵奉」するようにと付け加えることを忘れなかった。

山里が「鎮台分営」設置の件について触れなかったのは、清国との関係をめぐる「日本党」「支那党」の確執に焦点を絞ったことによっていたといっていいだろう。「説明書」の総てを盛り込むことは、劇を解体する危険があったからに他ならない。しかし、それだけだったのだろうか。どうもそれだけではなかったと思われる節がある。

「首里城明渡し」が上演されたのは一九三〇年（昭和五）三月である。前年の「昭和四年一月には演芸場や活動写真館に対する取締規則が改定され」ていくが、「禁止条項」として次のようなのが盛り込まれた。[5]

一　勧善懲悪ノ趣旨ニ背戻スルモノ
二　嫌悪卑猥又ハ惨酷ニ渉ルモノ
三　犯罪ノ手段方法ヲ誘致助成スル虞アルモノ
四　濫ニ時事ヲ諷シ又ハ政談ニ紛ハシキモノト認ムルモノ
五　国交親善ヲ阻害スル虞アリト認ムルモノ
六　悪戯ヲ誘致スル虞アリト認ムルモノ
七　教育上悪影響ヲ及ホス虞アリト認ムルモノ
八　演劇興業ニシテ演劇ニ紛ハシキ言辞所作ヲ為スモノ

これらの「禁止事項」からすれば、ほとんどの芝居が「禁止」にされかねない状況に追い込まれていた、といっていいだろう。

「首里城明渡し」が「禁止」をくぐり抜けえたのは、「明治政府の琉球政庁に対する圧制と恐かつ」を前面に押し出したものではなかったからであろうが、「禁止事項」の四、五で取り締まろうとすればできないことはなかったはずである。

島袋光裕は、一九二八年（昭和三）から三〇年にかけての「大正劇場」の様子を回想し「社会的には第一次世界大戦後の経済危機が深刻の度合いを深めたころで、失業者は巷間にあふれ、農村の貧苦は極度に達した。労働争議や小作争議がおこったりして、民衆の政治的要求がさらに高まっていった。政治権力が、大正デモクラシー運動の中で育ってきた自由主義思想を弾圧しはじめ、軍国主義が台頭してきた」と語っていたが、「首里城明渡し」の演ぜられた翌三一年（昭和六年）九月満州事変が勃発したことを考えれば、「鎮台分営設置」に関わる遣り取りなどとりあげようものなら、それこそ、すぐに「禁止」になったに違いないのである。

守るべきもの——第四幕

第四幕第一場は、「明治十二年三月二十九日の暮方」「上手から多くの筑佐事や夫卒達が城内の色々な道具類長持等を中城御殿に持ち運んで居る、それを途中で兵士の一、二が一々看査してゐる」場である。

『琉球見聞録』は、「明治十二年三月二十七日於首里城内」として、処分官内務大書記官松田道之記名になる旧琉球藩王尚泰宛の文書「今般処分上ノ都合有之ニ付旧藩簿書類所蔵ノ場所ハ封緘候條同所ノ物件ヲ調査又ハ他ニ出ス等ノ節ハ城中ニ出張ノ内務省官吏ニ照会ノ上其立会ヲ得テ取計可有之当方ヨリ調査致候節ハ旧藩吏ノ立会ヲ得テ取計可申候且又各所ノ城門ハ巡査ヲシテ護衛セシメ候條城内ヨリ他ニ出ス物件ハ大小ヲ問ハズ且又城中ニ出頭ノ内務官吏ノ検査ヲ受ケ其印鑑ヲ得テ通行候様取計可有之候也」の条、そして二十八日の「旧藩吏連著」になる「嘆願書」を記録するとともに、松田がその「嘆願書」を見もせず差し戻し「三司官は来る九日（新三十一日）居城引渡しの手続きを為さゞるべからざるに因り首里各村士族平民供強壮の者悉く明朝より城府に参集すべきの令を発せられたり」として、次のような文章を書き記している。

同七日衆官吏及び士族平民数百人参集したれば下庫理書院近習内宮各所より藩王儀状鹵簿器具図書及び衣衾絹綉布疋等を蔵むる箱櫃箪笥其他数百年来経営聚蔵せられたりし百般の器具物件を悉く中庭に持ち出し倚畳堆積すること山の如し之を荷造りして夫卒に荷擔せしめ紳徒士輩之を護衛し中城殿及按司親方等の大家に運搬し朝より晩に至るまで絡繹相絶えず喧囂雑遝し満城騒擾を極む城門を出るに迨んでは守衛の巡査等一々封緘を開き鍵鎖を解き看査す封鎖を解くこと稍々怠慢するときは叱咤呵責し則ち所持の棒剣を以て之を打撃し内宮の装奩具其他秘密の器具破壊せられたるもの尠からず此夕藩王（王妃前に薨ず）及両夫人（松川按司平良按司）令息令嬢等各轎輿に駕せられ近侍の臣士�妾侍婢等数十人を伴ひ城府を退き王世子尚典公の邸即ち中府殿へ移り行き玉ふ按司親方衆官吏百余人各村士族百余人前後左右に護衛排列したり嗚呼二百七十一年前寧王薩兵に逼られ城府を引渡し三司官名護親方の邸に退き移り玉ひたると全く符節を合はすが如し

第四幕の第一場は右の箇所を踏まえているといっていいが、そこには、琉球にやってきた兵士らの傲慢な態度が映し出されていた。

兵士の一　待て！　その乗物は誰の乗物だ！

筑佐事　御主加那志の御乗物でございます。

兵士の一　中を調べるから簾を開けろ！

池城里之子　（前に進み出て）怪しい者ではございません。御通し願います。

兵士の一　ならぬ！　取調べた上でなければ一歩たりとも此処を通す事はまかりならぬ。

山里は「御主加那志」を護衛するものの一人として亀川親方に「不埒者」とののしられた池城里之子を登場させていた。彼だけではない。やはり亀川親方に「畜生にも劣つた奴」としてののしられた子息亀川里之子も登場させていた。彼等の登場は、首里城は明渡されても、守らなければならないものがあつた事を示さんがためであった。

尚泰王　あまり取急いだ為御印判を置忘れて来た。誰れか取りにやつてはくれまいか。

津波古　御印判を？（驚ろく）只今とつて参りますから――

役人　津波古親方！御城の御門は只今全部閉まりました。

津波古　何！御城の御門が閉つたと申すか――誰れかこれから御城へ引きかへし御印判を取つて来る勇士は居ないか（一同を見回す）。

亀川里之子　（進み出る）津波古親方その役目是非私に仰付け下さい。

『琉球見聞録』には、無論このような記録はない。山里の創作になるものであるが、彼は、何故このような場を付け加えたのであろうか。

山里は、「中学時代『琉球見聞録』を読んで、ここで思わず涙がこみあげて来た記憶がある」と書いていた。「ここで」というのは、「荷造りして夫卒に荷擔せしめ」以下の文章を指しているが、山里は「荷造りして」以下の文章を引用したあとで「そのとき、松山王子尚順は、まだ五歳。その夜のものものしさは子供心にも、はっきり脳裏に焼きついていると私に語ったことがある。亡国という言葉があるが、それは文字どおり亡国の姿であったに違いない。そればかりか、運び出す荷物を一つ一つ、途中で点検し、躊躇する者は棒や剣で殴るというのだから、聞いただけでも無念な話である」と書いていた。山里は「思わず涙がこみあげて来た」ほどに「無念な話」を無念なままに終わりにしたくなかった。第四幕第二場は、そのことをよく示すものとなっていよう。

第四幕第二場は、亀川と池城が城内に忍び込み、「御印判」を探し出し持ち出そうとした時、見張りの兵士たちに見つかり、乱闘になる場である。「首里城明渡し」のなかで行われる唯一の活劇の場であるだけでなく、これまでやられっぱなしであったのが、はじめてやりかえす場面であった。それをやったのが亀川と池城である。

亀川、池城は、ともに亀川親方から罵られていたように「大和党」であった。父親にそむいてまでも「大和に留学したい」といい、舅になる人の言に反し「大和学問」の必要を説いた者が、意に反するかのように、

「大和」を向こうに回して、死力を尽さんとしたのである。守るべきもののために、死力を尽そうとしたのである。「御印判」とは、他でもなく、「王国の誇り」のことであり、「大和党」とはいえ、そして「時勢」に従わなければならないという思いを抱いていたとはいえ、「王国の誇り」を失うわけにはいかなかったのである。

口立ての自在性――第五幕

第五幕は、「御印判」が亀川の手で津波古に届けられ、津波古から尚泰に渡される場で、劇は次のような形で幕が下ろされる。

津波古　取つて参つたか。二人共天晴れな若者ぢや。

　津波古、御印判を御主加那志にお渡しする。

尚泰王　亀川、池城、今日は余が礼を申すぞ。

亀川、池城　もつたいなうございます。

　尚泰王、舞台手前へ進み出る。

尚泰王　あゝ御城が見える。――暮れて行く夕空にくつきりと浮んで見える。――幼ない時から住みなれた所、先祖代々つたへられた御城、それと別れるのが余は一番寂しい。

一同皆泣くところで、――静かに幕――

「首里城明渡し」について、初演の際松田道之と宜野湾親方の二役を演じた島袋光裕は、一九七四年（昭和四九）「琉球放送二十年祭」で同劇が再上演された時、尚泰を演じているが、次のように述べている。

ストーリーは、はじめから終わりまで緊張の連続であった。暗中模索する政治情勢の中で世情にうとい首里王府の役人たちがうごめき、苦しみ、疑い合いながら、心の片すみでは自己保身に窮々とする。首里城を追われ、中城御殿に幽閉された尚泰が、ひとり言のように「先祖代々に伝わる首里城も、私の世になって失うのか！」と歎く場面で幕がおりたのに、観客はしばらく席を立とうとしない。

つまり、そこで何かが完結したというよりも、観客の胸中にはまだ歴史的なストーリーが、続き、増殖をはじめたのである。どうしてそうなったか、長いこと舞台を踏んでいると役者の立場からも意味がよくわかる。喜劇やフィクションものでは見られない現象だが、もうひとつ、やはり沖縄の歴史の重みではないか。

島袋は、芝居が終わっても観客は立とうとしなかったという。それは、芝居が観客に深い感動を与えたということの別言に他ならないが、島袋は、そのことを説明するのに「増殖」という言葉を用い、そのような現象が生じたのは「沖縄の歴史の重み」の故ではないかとしていた。

島袋の感想は、一九七四年（昭和四九）に演じた際の観客の反応に触発されたものであった。七四年といえば、二七年間の米国統治から日本に「復帰」して間もない頃のことであった。いわゆる世替わりを体験したばかりであった観客は、やはり世替わりを描いていた舞台に、他人事ではないものを感じたに違いないのである。そしてそれは、原作には見られないセリフと微妙に関係していたかに思える節がある。

山里の「首里城明渡し」は、共通語で書かれていた。しかし、舞台は共通語で演じられたわけではなかった。そのことについて矢野輝雄は「この原作は、共通語で書かれており、役者は各自これを方言にあらためて演じたが、この芝居は、配役に名優をえたことから、せりふも優れ、ことに伊良波の扮した尚泰王などは、王の娘の漢名憲和夫人が見てもそっくりといわれたほどで、そのせりふのうまさは原作以上であると作者は激賞している」といい、そして「以下大詰を原作と現在の舞台を比較してみよう」として、「原作」とその「訳」を出している。[6]

（原作）	（訳）
〈亀川、御印判を持って出てくる〉	
亀川　池城親方、御印判は確に取ってまいりました。	さり、池城《いちぐしく》、御印判《ぐいんばん》の《ぬ》ありちえ。
〈御印判を池城に渡す〉	
池城　二人共天晴れじゃ。	できら《ち》ちゃ二人《ん》も、立派な働き《ち》やた。
〈尚泰に渡す〉	

尚泰　亀川に池城、礼を申すぞ。
〈両人手を突く〉
池城　お疲れでございましょうから、もうお
寝みになりましては。
〈尚泰うなずく〉
歌（散山節）
〽戦世も済まちみろく世もやがて
嘆くなよ臣下　命《ぬち》ど宝
〈尚泰立上がる〉
尚泰　ああ御城が見える、幼い頃から住みな
れた所、先祖代々つたえられた城、こ
れが一生の別れか！
〈円覚寺の鐘の音〉
尚泰　ただ寂しい！

亀川《かめがあ》に池城《いちぐしく》、どっと殊勝どう。
お疲《うちかり》れにうはんせえびやい、お世《うゆ》君《くん》じ
ゃなしめ《み》しょうち、お《う》たびみせえびり。
（尚泰）万民やすむこ《く》と、いつたぁん　ゆくれ《り》よう。
（散山節）
〽朝夕《あさゆうし》住みなれ《り》て
暮らちちゃる御城《ぐしく》
城《ぐしくん》も見いゆるむんなあ。わらべ《び》幼少の《ぬ》
頃《くる》から住《し》みなれ《り》てちゃるあの《ぬ》城《ぐしく》、御元《うぐわん》
祖《す》代々《でえでえ》から云うてちゃるあの《ぬ》城《ぐしく》、別れていちゅし
しご《ぐ》く苦りしゃ
夜も暮れ《り》て行き《ち》ゆるんな、
（散山節）

〽今日《きょう》のおとろ（析）……

矢野は「その大詰を原作と現在の舞台を比較してみよう」として、右の引用をしているが、「首里城明渡し」の「大詰」は、先に見たとおりで、矢野の上げている「原作」とは異なっている。また矢野のいう「現在の舞台」というのが、いつの舞台なのか明らかではないが、一九八一（昭和五六年）一一月二〇日から二二日にかけて行われた「第十一回沖縄名士劇台本」の同場面は次のようになっていた。

亀川　津波古親方、御印判や確に取ってちゃーびたん。
津波古　二人共ゆうちばてくぃたん
　津波古親方印判を尚泰王に手渡す
尚泰　亀川に池城、いったあ二人が働ちしうしゅうに思ゆうどぅ
津波古　色々とご心労みそうち、う疲れにうなんそうちゃるはじ、奥にうんちけぅ拝ってうゆくいになて、うたびみせーびり
　尚泰うなずいて　ゆっくりと立ち上る
　歌（散山節）
　〽戦世ん　しまち……
尚泰　くうさ幼少から、朝夕望みたるあぬ城
親ふあふじから代々伝あてぃちゃーるあぬ城とん

これが今生ぬ別になゆさやあー
　円覚寺の鐘の音
尚泰　吾んねえ淋さんどうや

「第十一回沖縄名士劇台本」は、さらに「第六幕」として「三重城見送りの場」が続く。「松田」が「ご出発の時刻です　いざ御乗船を」という科白のあとに尚泰の「戦さ世ん終て　豊世んやがて　なじくなよ臣下　命ど宝」の言葉があって幕になるのであるが、矢野のそれは、「第五幕」の最後の場面に見られるものであった。

山里の原作が、矢野の引いた「現在の舞台」のかたちになり、さらに「第十一回名士劇台本」のようなものになっていくのは、理由がないわけではなかった。

矢野が、「原作と現在の舞台を比較してみよう」として、「原作」の方言訳をだしたのは、尚泰役を演じた伊良波が、原作の言葉を、見事な方言にして作者をあっといわせたということから、「方言訳といっても逐語的に方言をあてはめても完全な首里言葉にはならない。大切なのは方言らしい言い回し」で、「そこに役者のせりふの苦心があり、芸の見せどころがある」ということをいわんがためであったが、それに続けて、沖縄の芝居が、原作通りに必ずしも演じられるものでないことを示唆する論述を行っていた。

「元来が沖縄の芝居は」として矢野が述べているところによれば、「新派の初期などと同様口立てで、あら筋と舞台上の動きの概要を教えられ、あとは各俳優の工夫というのがおきまりであった。したがって俳優は、各役について作者をも兼ねるところがあった。うまく俚諺などを織込んで名せりふを作りあげるのが役者の工夫であった。したがって平素から役者は組踊りなどを勉強して、語彙を豊富にし、観客をうならせるせりふを考えるのに余念がなかったのである」という。

原作は、時に、俳優たちの工夫によって、変えられていったことがわかるが、原作にない場面が付け加わるのには、後一つ、理由があった。そのことについて、大野道雄は、「与那覇晶子氏によれば」として、「山里自身が演出した戦前の珊瑚座の「首里城明渡し」には、大詰めの那覇港の場面は無かった。その後アンマーたちの好みで付け加えられたと真喜志康忠氏は語っているという」ように、観客の好みに応じても変えられていったのである。

観客の好みに応じて原作にあらたな場面が付け加わっていったとはいえ、そこには無論よりどころになるものがなければならないはずである。

そのことについて、大野道雄は、次のように書いていた。

ところで、現在上演される「首里城明渡し」の大詰めは、東京へ連れられて行く尚泰の那覇港別れの場であり、「戦さ世ん済まち／弥勒世んやがてぃ／嘆くなよ臣下／命どぅ宝」のつらねで有名になっている。

ところが、山里永吉の原作には、この場面はない。口立てのため、沖縄芝居の脚本にはのこっていないのが普通なのに、山里の作品は共通語で書かれた脚本が残っていて、これも画期的であるが、それで見ると、原作には「命どぅ宝」の琉歌もなければ、散山節も書かれてはいない。真境名由康作の「国難」には「命どぅ宝」の歌が出てくるが、この場合は尚泰ではなく、薩摩に連れていかれた尚寧で、場面も首里城内となっている。

同じ山里の「那覇四町」には尚泰の那覇港別れの場面があり、「命どぅ宝」の歌も、散山節の指定もあって、現在のラストにもっとも近い。山里本人が一九三二（昭和七）年の「琉球新報」に作者後記として「那覇四町」の「大詰に散山節がはいって幕になるが、私の戯曲として最初の試みである」と書いているので、いつのまにか「那覇四町」が「首里城」に紛れ込んだらしい。

大野が推測している通り、最後の場面は「那覇四町」を取り込んだと思われるが、「首里城明渡し」は、そのことで膨らみを増したといっていい。

王国の将来をめぐっての激論にはじまり、親子の対立、処分官と三司官との応酬、国王の退去そして守衛の兵士たちを薙ぎ倒していく若者二人の活劇に、観客はまさしく立つことを忘れてしまうほどの感動を覚えたに違いないが、さらにそこに「命どぅ宝」の歌が読み上げられる場面がつけ加えられたことで、一段と、身につまされるものとなっていったに違いない。

矢野は「山里氏みずからのかたるところによれば」として、「この作品の中でいいたかったのは、第一幕の宜湾のせりふ「琉球は何処の国のものでもない、琉球は琉球のものだ」という考え方であったということを紹介したあとで、「この作品が多くの観客を感動させ、終戦直後のテント張りの劇場で、あるいは四十年を経て沖縄の本土復帰にあたって再演され好評を博したのも、このような沖縄の人たちの血に根ざした思想の裏づけをもった作品であったので、これがその成功の最大の原因であると考える」としている。確かに矢野が指摘している面もあるには違いないが、矢野が山里の言葉として引いてある言葉を鵜呑みにすることはできない。というのは「第一幕の宜湾のせりふ」としてあげている言葉が原作には見付からないからである。

山里の中に、そのような考え方があったのは確かだろうが、観客が、感動したのは、王国を滅ぼされながらも、王国の誇りを維持しようとした、その痛ましさにあったといっていいかと思う。またそれが「終戦直後のテント張りの劇場で、あるいは四十年を経て沖縄の本土復帰にあたって再演され好評を博した」のは、施政権の分離そして返還といった事態が、一種の「琉球処分」であったことを追認させたからにほかならない。常に政争の具にされてきたことへの痛恨の思いが重ねられたことにあるといっていいだろうが、戦後の再演が感動を呼んだのは、あと一つ、最後の場面と関わりがあったのではなかろうか。

烈しい爆撃のなかを生き残った人たちが身にしみて知ったのは他でもなく「命どぅ宝」ということであった。王国の滅亡を目の前にして歌われた歌のその一言は、別の思いをともなって戦後の観客の胸に響いたに違いないからである。

おわりに

「首里城明渡し」が「終戦直後のテント張りの劇場」で好評を博したのは、苛酷な戦場を生き残った人々のこころに「命どぅ宝」という言葉が強く響いたからだと思われるが、原作にはその歌はみられなかった。そのことは、「大詰めで『これは時勢だ』という尚泰王のせりふは方言の名訳を得てはやり言葉になるほどだった」と山里永吉が同劇について語っていることからも明らかであろう。「首里城明渡し」は、「命どぅ宝」の歌ではなく、「これが時勢だ」という言葉で幕が下りていたのである。

大野道雄は、原作にはない「戦さ世ん済まち／弥勒世んやがてぃ／歎くなよ臣下／命どぅ宝」の歌が「首里城明渡し」に紛れ込んできた経緯について触れたあとで、「大衆演劇、口立て自在の沖縄芝居らしい話だと書いていた。また「沖縄芝居の脚本は残っていないのが普通なのに、山里の作品は共通語で書かれた脚本が残っていて、これも画期的である」とも書いていた。そのことに関してはすでに上間正雄の「時花唄」があって、多少異議があるとはいえ、「脚本が残って」いるにもかかわらず、別の脚本が入り込んできたのは、大野がいう通り「沖縄芝居」の自在さを示しているといえようし、山里の「大詰めで」云々の言葉からすると、脚本に見られる第四幕は、当初から演じられなかったようにも思われる。

「首里城明渡し」には、いつの間にか「那覇四町昔気質」が紛れ込んでいたが、紛れ込んだのは「那覇四町昔気質」だけではなかったのではないか。矢野輝雄は、「首里城明渡し」について触れた箇所で、山里が「この作品でいいたかったのは、第一幕の宜湾のせりふ『琉球は何処の国のものでもない、琉球は琉球のものだ』という考え方であったという」と書いていた。「宜湾のせりふ」は、「首里城明渡し」

にはなく「宜湾朝保の死」に見られるものであることからすると、「首里城明渡し」には、「那覇四町昔気質」だけでなく「宜湾朝保の死」までが紛れ込んでいたように思われる。

そのことからすると、「首里城明渡し」は、いつのまにか『琉球見聞録』を下敷きにして書かれた山里の作品を集大成したものとなっていたといえるかもしれない。

山里には「首里城明渡し」の他に「宜湾朝保の死」「那覇四町昔気質」といった琉球処分期を扱った作品がある。一九三三年（昭和八）に刊行された『山里永吉集』に付された「執筆並に上演目録」をみると「宜湾朝保の死」が「昭和六年正月、沖縄朝日新聞発表、同年同月大正劇場上演」、「那覇四町昔気質」が「昭和七年三月、琉球新報発表、同年同月大正劇場上演」とあって、一九三〇年（昭和五）から三二年（昭和七）にかけての三年間、琉球処分期を扱った作品が上演されていることがわかる。

「宜湾朝保の死」も「那覇四町昔気質」もたぶん「首里城明渡し」の好評に後押しされて書かれ、上演されたのではないかと思うが、同時期を扱った作品を立て続けに発表したのは、それだけ山里の関心を引くものがそこにはあったからであろう。

「首里城明渡し」は、国は滅んだが、辛うじて王国の誇りだけは失うまいとする姿を、「宜湾朝保の死」は、薩摩の支配を脱して、薩摩と同等の位置を得ることに望みを託す姿を、「那覇四町昔気質」は、国王の上京を阻止しようとする町民の姿を描いていて、それぞれに異なる内容になっていたが、そこには共通して流れているものがあった。国王を慕う気持である。それは、逆にいえば、「日本」への併合に納得のいかない思いが強くあったということであろう。

沖縄ではいまごろになって、現代の琉球処分だなどと言うが、日本政府は何をやるかわからないと私はみている。それは慶長以来の琉球歴史が証明している。復帰を急がないというのは、長びかして独立しようという魂胆だった。施政権を返すなら日本政府に返すより、まず、われわれ沖縄人に返せということ。アメリカとの問題でも、以前は直接、アメリカに代表を送って交渉できたが、いまはどうか。日本政府が介在するので、こちらの言うことは十申し込んでも一つも通らないではないか。

これは一九七九年（昭和五四）八月『沖縄タイムス』に連載された「私の戦後史」に見られる言葉であるが、山里には「首里城明渡し」を書き上げて以来、「日本政府は何をやるかわからない」といった思いが強くあったのではないかと思われる。

山里は「宜湾朝保の死」で「琉球は何処の国のものでもない、琉球は琉球のものだ」と宜湾に語らせていた。それはまた山里の言葉であったといっていいだろう。それが「施政権を返すなら日本政府に返すより、まず、われわれ沖縄人に返せということ」につながっていることはまずまちがいないはずである。山里が「日本」復帰に反対し、琉球の独立を説いたのは、「首里城明渡し」を無念に思う気持がそれだけ強かったことの現われであったといっていい。それだけに不思議に思われることがある。

沖縄芝居の名優たちに芝居の脚本を依頼された時、山里は、何故、「沖縄口《うちなーぐち》」を用いて脚本を書かなかったのであろうか。山里が、「沖縄口《うちなーぐち》」で書こうと思えば書けたことは、「那覇四町昔気質」の第四幕（第一場）が十分に証明しているからである。

山里の「独立しようという魂胆」に徹底したのが欠けていたとすれば、琉球処分期を扱った作品群を、「沖縄口《うちなーぐち》」でなく「共通語」で書いてしまったという点に求められるかも知れない。

〈注〉

1　沖縄タイムス社編『私の戦後史　第2集』沖縄タイムス社　一九八〇年六月二五日。

2　島袋光裕『石扇回想録　沖縄芸能物語』沖縄タイムス社　一九八二年六月一〇日。

3　宜湾、宜野湾をあえて統一しなかった。「宜湾朝保の姓の宜湾も、もとは宜野湾であったが、宜野湾王子家が創立されたために宜野湾家に遠慮して、宜湾と改姓したものである」と山里は『沖縄史の発掘』（潮新書、一九七一年八月二五日）で書いているが、「首里城明渡し」では、宜野湾を用いている。

4　金城正篤『琉球処分論』沖縄タイムス社　一九七八年七月二〇日。

5　大野道雄『沖縄芝居とその周辺』みずほ出版　二〇〇三年九月一日。

6　矢野輝雄『新訂増補　沖縄芸能史話』榕樹社　一九九三年四月二〇日。

位牌と遺骨
――二つの「出郷作品」をめぐって

一

主要な登場人物が、郷里・沖縄を出て行くかたちになる一連の作品がある。ここでは仮にそれらを「出郷作品」と名付けておくことにするが、ここで取り上げるのは「故郷は地球」と「レイラニのハイビスカス」の二作品である。

「故郷は地球」の作者は宮城聡、「レイラニのハイドスカス」はジョン・シロタの戯曲である。宮城やジョン・シロタにはそれぞれ他に幾つかの作品があって、「故郷は地球」や「レイラニのハイビスカス」が、彼らの代表作であるとは必ずしもいえないが、両者ともに異色の作品であることは間違いない。

「故郷は地球」と「レイラニのハイビスカス」は、タイプの異なる「出郷」を扱っていた。前者は「今の時代に勇士となるには、先づ東京に出なければならない」として故郷をあとにする若者、後者は「ハワイのうだるような砂糖黍畑で働くため、移民としてやって来た」兄弟を描いていた。

一方は、勇士になるために、もう一方は、金を儲けるためにといったように、二つの作品は、まったく異なるタイプの出郷を描いていたが、都会に憧れて故郷を後にした若者も、海外移民として海を渡った兄弟も、郷里にいるときはさほど意識することもなかったであろう問題に逢着する。

彼らが逢着した問題とは何か。タイプの異なる二つの「出郷作品」を通して彼らが異郷で出会った問題について見ていきたい。

二

「故郷は地球」は、「島の教師」をやめて上京する「西田」の抱負を記すことから始まっている。西田の抱負とは「勇士」になることであり、「現代の英雄」になることである。雑誌の編集部に勤めることでその一歩を踏み出した西田は、半年ほどたって仕事にもなれ、天下の名士や有名な作家たちの参集する宴会等にも列席するようになり「有頂天に浮かれ、幸福を感じて」いたある日、「鬚の沢山生えてゐる人」の訪問を受ける。

西田を訪ねてきた男は刈山といい、「満三年の間、同じ寄宿舎で一緒に暮らした」ことのある先輩であった。刈山の訪問の目的は、「石油ストーブ」を売る相手を紹介して欲しいということであった。西田は「四通」の紹介状を書いてやる。そしてそのことがやがて大きな問題を引き起こすことになる。

「故郷は地球」が、何に触発されて書かれたかを、この挿話はよく示していた。

「故郷は地球」が、里見弴の推薦で『東京日日新聞』『大阪毎日新聞』の夕刊に連載されたのは一九三四年（昭和九）二月から三月にかけてのことである。当時の読者は、西田を訪ねてきた刈山が、「見返民世」であることをすぐにわかったであろう。「円い、といふよりは四角い顔の、顎の短い、色の黒い、口髭を生やした、そして顎の辺には髯の剃り跡の濃い洋服姿の男」、あるいは「『エヘヘ』と云つて、色の黒い、顎の髯の剃り跡のぽつぽつとした、四角い顔が笑ふと、煙草でよごれたのらしい、白と茶褐との染分けの歯が、黒い顔の真中よりやや下に、ぽかツと現れる。そして眼は黒味の勝つた人なつこさうな眼だ。熊の笑い――さう云つたやうな感じがある」として、執拗にその顔かたちが描き出されていく男「見返民世」は、誰あろう西田に紹介状を書いてもらった「刈山」に他ならない。

「見返」に「石油焜炉」を売りつけられた「自分」が、「見返」や彼の紹介した同郷の男に心を寄せていったばかりに、かえって彼らを「悪い方に誘惑」してしまったのではないかと、「投げやりな自分の生活法」に活をいれずにはいられない、といったことを書いた広津和郎の「さまよへる琉球人」が、『中央公論』に発表されたのは一九二六年（大正一五）三月である。そして四月には沖縄青年同盟の抗議文と広津の応答文が『報知新聞』に掲載され、五月になってさらに広津の謝罪文が『中央公論』に掲載され、「さまよへる琉球人」の抹殺宣言がなされていくといった「筆禍事件」の経緯は、まだ読者の記憶から消え去ってなかったはずである。

宮城は、何故、そのような「筆禍事件」を引き起こした作品の主人公を、物語の最初に持ってきたのだろうか。

「見返民世」が、「さまよへる琉球人」に見られるような人物とは違い、誠実な男であったといったことを書きたかったわけではないはずである。所謂「抗議小説」を書こうとしたわけではないであろう。「学生時代に二週間ばかりも寄宿舎をあけて、退校処分騒ぎとなつたが停学で済んだことがあつた。卒業後離島の任地で女教師と関係が出来て、妻が自殺騒ぎを起して新聞沙汰になつたこともあつた。任地を離れて遊郭に入り浸つて教育界の問題にもなつた。また話の中で、東京は瓦斯や電気が高いと、来て四五日しかならないのに、如何にも東京の事情をよく知つてゐるやうない方をする感覚の荒つぽい知つたか振りや、空虚な外交員的言葉も感じた」といい、さらに「現実生活に圧し拉がれて、若人の誇り人間としての高き心まで失つてゐるやうに感じた」といったような「刈山」評が決して芳しいものではないことからしても、「見返民世」を弁護するために登場させていたわけでないことは明らかであろう。

刈山の登場は、「琉球人」という言葉を誘い出すためのものであった。

西田は、刈山を連れてよく知っている喫茶店に入っていく。そこには同僚の原口と新道が陣取っていた。原口が「おい西田君、その人も琉球人だらう？」と、呼びかける。

西田は、原口のその言葉にかっとなって「いや沖縄県の御出身だ」と抗弁すると、「沖縄県の御出身だつて……。だから琉球人ぢやないか」と逆襲される。

これまでも、雑誌の寄稿家たちから出身地を聞かれて「沖縄」だと答えると、決まって「ぢや琉球だね」と問い返されていた。原口との応酬は、その繰り返しに過ぎないといっていいものであったが、その応答のたびに、西田はなぜか「嘘を言つたやうな、侮辱をうけたやうな、そんな小さい問題はどうでもいいと云つたやうな心が重なり合つた」複雑な思いをしていた。

西田は、原口の言葉に「馬耳東風」を決め込む。しかし、原口の侮辱はそれだけにとどまらない。手を変え品を変え色々に行われていく。とりわけ西田に腹立たしく思われるのは、新聞・雑誌等に掲載された「琉球」関係記事を、西田の目に付くようにして置いていることである。

新聞・雑誌等に掲載されている琉球関係記事には、一に「経済的疲弊」についての報告があり、二に世態風俗を描いた漫画があった。一のそれは、「蘇鉄の幹を切り干にして食ふ疲弊の実情から、数字的の説明まで微にいり細を尽して報道し、続いて疲弊の原因を考察した後に、為政者に対つて今の中に救済しないと、琉球は遠からず枯死するだらうと警告」している記事であり、二は数駒漫画で、第一景には「頭に俵を載せた肥満した裸体女と結髪の瘠せた裸体男が並んで立つてゐるのを主人公の岩公や連れの者が不思議さうに見てゐる。――あれを見ろ、女が働いて男が遊んでゐる。男を遊ばせる力がないと一人前の女と云へないさうだと岩公の口から放送させてある」姿が描かれ、第二景には「岩公達の足元に、裸体夫婦が土下座して地べたに額をすりつけてゐるが、二つ並んだ丸腰の上に、目上の人には土下座するのがこゝの土人の習慣と説明がしてある」姿、そして第三景には「富士山型の結髪や山羊髭をいやが上にも鮮かに描かれた痩せ男が、両手で大きな徳利を捧げ持つて、岩公の差し出した湯呑み茶碗へ傾け中のものを注がうとしてゐる。その背後に働く野蛮女が三味線を弾いてゐるが、顎まで張り裂けた口は顔の大半を占めてゐる。泡盛といふ字から出た矢が徳利を示し、ジヤビ線といふ字は三味線を指してゐる。――こゝのお茶は泡盛でござると、痩せ男に云はしてある」といったような姿が描かれているものであった。

原口、そして彼といつも一緒にいる新道の、西田にたいする隠微な嫌がらせは、ただ単に新聞に掲載されている琉球関係記事や漫画を、それとなく西田の目のつくところにおいていて、西田がそれにどう反応するかをこっそり盗み見するといっただけにとどまらない。新道は、「西田氏、こゝにもありますよ」といって週刊誌を差し出してもくる。新道が差し出した週刊誌には、「女が仔豚を頭に載せて売りに行く。便所は豚で、たれた便は豚が来て食つてしまふ。豚の尻の肉を切り取つて食用にし、疵痕には赤土を刷り込んで置くとそれが肉になる。豚は即ち便所兼食料品兼冷蔵庫だ。女ばかりが働いて男は辻の名称を持つた遊郭、待合、旅館、料理屋の全機能を備へた調法な場所で、明け暮れ泡盛とジヤビ線に入り浸つてゐる。少年達は十歳になると母親から十銭もらつて辻で娼妓を買ふ。娼妓共はこんな少年達を愛してよく心中する――かういふ種類のことが面白可笑しく言葉に彩を持たして書いてあつた」もので、西田がその記事を読み終わったところを見計らって「西田君！琉球はなか〳〵面白い所だね」と話しかけてくるのである。

週刊誌の記事は、また例の「岩公」シリーズの種本になり、西田は、それを見るのを恐れながらも毎朝駅で新聞を買って、プラットホームで人をさけるようにして見るのであるが、「その度に、お前は日本人ではないといふ抗議と、侮辱をされてゐる」ような気持ちを味わう。

西田は、原口や新道が持ち出してくる雑誌、新聞の記事や漫画、さらには西田自身が買ってよむ新聞に掲載されている漫画によって、暗澹とした思いに駆られるのであるが、彼をそこまで追い込んでいったのは、そのような雑誌、新聞に掲載された記事や漫画だけではなかった。
一、二と関わるかたちで、それは現われるが、一との関わりでは、沖縄の経済的疲弊に関する記事が新聞に連載されてから二、三日たったある日、西田は、一二月号の雑誌のために、老大家山川景樹を訪ねる。そこで郷土の先輩福永が世話役をしている「南国談議会」の盟主である「郷土研究者」松野島雄とあう。青森から出たものを言う木像に関する松野の話が一段落し、「蘇鉄地獄の琉球」の話になる。新聞に報道されている以上の疲弊だという西田の話に、山川、松野のそれぞれの反応そしてその発言が記されていくが、松野の発言は「どうもあそこの上に立つたもの、政治家が悪いんだな。県民を売つて私腹を肥やしてゐるんだから……だが兎角あそこの人達は島国根性が酷くて、外来者を受け入れることが出来ないのが何よりも悪い。私なんども南国談議会をやつてゐるが、それも実は社にゐる福永に厚意を持つてゐるからで、でないとやらないんだが……」というのであった。それを聞いた西田は、「不意に背負投げを食はされて立ち上つた所を引つ掴へられてぐる〳〵振り回された」ような気持ちになる。
西田は、最初、郷土研究に没頭しているとばかり思っていた松野が現代政治に無関心でないことを意外に思い、尊敬の念を覚るのだが、そのあとすぐに「沖縄の人間が皆島国根性に固つた排斥すべき人種みたいな口吻」を聞いて、「全く裏切られた」ように感じるのである。そして「あの人でさへ吾々の故郷を特種的に見てゐるのだから行つたことのない人なら、酷い野蛮国位に考へてゐるんぢやないか知ら……」と思う。

沖縄に対して「深い同情と厚意を持つてゐる人」だと思っていた郷土研究者が、必ずしもそうではなかったということで、西田は深く傷つく。

二と関わるかたちでは、新年号の原稿を取りに行った作家から「昨夜、うちのお袋が、君が琉球人だと聞いて、ぢや西田さんは琉球の生蕃かといつた」という話を聞く。作家の話は、作家とその家族にとっては「腹を捻ぢらして大笑ひした」といった実に他愛のないものであったといえようが、西田にとっては、「多くの人が自分達県人へ対する心の底を素直にいひ表した」ものだとしか思えない。

こういふ差別待遇を彼方此方で受けてゐると、最初は何の躊躇もなくいへた故郷を、暗い気持で九州とか遠い所ですよなどと胡魔化したい心になりながら渋々答へた。おまけに新聞や雑誌に故郷に関する不名誉な記事が引つ切りなしに出た。すると西田は酷く故郷を恥ぢるやうになつて、自然自分の言葉に対しても気が引けるので、吃り勝ちで明朗を失つた。態度にも晦渋な所作が現れた。

新聞雑誌の記事や漫画、そして仕事で関わりのある作家や研究者たちの故郷に関する言説によって、西田は段々と落ち込んでいく。

それに追い討ちをかけるかのように、「故郷の不名誉な記事は、新年になつても終息しないで却つて大物が飛び出し」てくる。

西田が紹介状を書いてやった「刈山」を主人公にした静浦温一の「欺瞞する琉球人」と題した作品が発表されたのである。

その作品が発表されて一週間目の午後、西田は同窓で一級下にいた森本の訪問を受ける。森本の用件は、静浦に「もう一度取り消し文」を書いてくれるよう申し入れてほしいというものであった。森本らが西田に相談にきたのは、「欺瞞する琉球人」の主人公を静浦に紹介したのが西田であったということからではなく、その作品で西田が「誉められてゐる」ということによっていた。

刈山が「琉球」に就いて語ったとされる、税金を払えず村吏に家畜を差し押さえられ、ひがな役場の榕樹の下で「ナタ豆キセルを啣へて泣いてゐる」といった場面や、税金を払うために、琉球の若者は、皆県外に出稼ぎに出なければならず、そのために「若者は船上に泣き、最愛の子、兄弟に別れる親や姉妹は桟橋で断腸の涙をしぼる」といった文章が見られるが、「吾々がそんな女々しい人種でないこと」を説明して、「正しく」書くよう申し入れてほしいというのであった。

西田は、森本の言葉を受けて、「ナタ豆キセル」云々は間違いなく刈山の言葉であり、「断腸の涙」などもなかなかのものだとしたあとで、次のように語っていた。

今度はその代りに、沖縄人こそはヤップ、サイパン、ジヤワ、スマトラ、近くのヒリッピンは勿論、ハワイ、カリブ、南米ペルー、ブラジル、アルゼンチナと地球を故郷と思つてゐる勇敢な県人だと書いて貰はうか……

西田らの話は、そのあと他の論者の「琉球」論考に移っていく。「琉球」に関する記事・漫画・論考等はどれもこれも、沖縄から出てきたものたちを追い込んでいくものであり、とりわけ、静浦の創作は、作者が有名であるということでも、その影響の大きさが計り知れないものとして、その「取り消し文」が求められたのであった。

「故郷は地球」の題名は、刈山が語ったとされる文句に変わるものとして西田によって語られた言葉からとられたに違いないが、作品は、西田がハワイにやってきて、「国際村」建設地を見て回り、サントスの従兄から来た手紙を読む場面で終わっている。その終わりの文章は次のようになっていた。

……母は非常に元気です。八十越した人も随分やつて来るので、母など若い方です。……吾々の祖父母の位牌はサントスに来てゐられるのだから、北米へ来るんでしたら、親戚中の代表として祖先拝み旁々、ブラジルまで来ませんか……

西田は読んでゐる中に目頭が熱くなつたが、サントスも、親友のゐるヴエノスアイレスも一夜の海路のやうに近く思つた。

ハワイに来て、西田は「アイカネ（親友）」や「ココカヒ（兄弟）」といった言葉を知る。「アイカネ」や「ココカヒ」といった言葉が、東京での身の置き所のない思いから西田を解放したのは間違いないし、ハワイで、「故郷」は「地球」であるといった思いを強くしたといえよう。そしてその思いを一層強くしたのが、一通の手紙であった。

手紙は、北米に来るのなら、ブラジルまで足をのばしたらどうかというものであったが、単なる近況伺いのそれではなかった。「親戚中の代表として祖先拝み旁々」来たらというもので、「吾々の祖父母の位牌」による呼びかけであったのである。

「吾々の祖父母の位牌」が、サントスに来ているということは、そこが新たな「故郷」だということである。地球の反対側に「祖父母の位牌」が運ばれていったことで「故郷は地球」だという思いを抱いたのである。

「故郷は地球」は、東京からハワイそしてヴエノスアイレス、サントスへと舞台が移っていくことを予測させるもので、東京の狭苦しい空間から解き放たれて、広々とした大地でしかも「祖父母の位牌」に見守られるようにして始まる新しい「生活の誕生」への予感でもって締めくくられていた。

三

「故郷は地球」には、新聞雑誌に掲載される「琉球」関係記事や西田を訪ねてくる沖縄人たち以外に、沖縄と関わる描写が三箇所見られる。

1、小浜なる里は　幸あるところ
　北に大嶽　南は白砂の浜辺

西田はメロデーの一分節を聞いただけで、彼と同じく千数百マイルを隔てる西南の海中の島を故郷にもつ歌と知つた。歌の源は市電線路の彼方の車道から白シヤツ、ヅボン姿で箱車を曳いて芝の方へ向つて行く男だ。轍の回転に空箱が共鳴して高鳴るのも忘れ果てた様子で、平和な故郷を声に描き出してゐるらしい。やがて帝国ホテルの前へさしかかるのだ。

2、駅前の広場で三人の女が一人の男に何か訊いたが言葉が通じない様子。白粉のつけ方や着物の着こなしなどの不器用さ、骨格や顔の輪郭など何処からとなく来る感じによつて、西田は故郷の者に違ひ無いと思ひ、近寄つて行つた。そこにゐた男はさつさと去つた。貴方達は何を訊いてゐるか、と西田は沖縄の標準語、首里の言葉でいつた。

3、海は西田にとつて慈愛の母であり竹馬の友だ。坐つてゐて海の見える家に生れた彼の幼い記憶は総てが海に関連してゐる。顔の憶えもない母の代りには、海に親しみ遊んだ。村の小学校も海と隣りで、波の音は教師の声と共に聞え、海の姿は黒板と交互に見られた。自分が教へる身になつたが、海には一段と心が引かれ、冬の浜辺にさへ毎日坐つた。打ち返す渚の波から遠く水平線へかけて、時を忘れて眺め耽つた。波の一ぅねりにさへ無限の慈愛と歓喜を感じるのであつた。

1は、西田がいつもいく喫茶店で働いている百合子を有楽町の駅に送っていく途中で耳にした歌とその歌を歌っている男の様子を書いたもので、西田は、その時、歌を歌いながら箱車を引いていく男の後を追いかけていって「呼びかけて見ようか」と考えたり、こういうとき同郷のものに呼びかけられると「どんなに喜ぶだらう」と思ったりするが、追いかけも、呼びかけもしなかった。

2は、上野で開催されている博覧会の見物にいくため川崎から出てきた三名の紡績女工が、待ち合わせの時間に遅れてしまって立ち往生しているところへ、通りかかった西田が近寄り、案内をかって出る場面である。

3は、社長の別荘に招かれた会社の同僚たちが、浜辺に出て相撲をとっているのにおかまいなく、一人海に眺め入り、故郷の海を思い出している場面である。

1、2に見られるのは、西田を訪ねてきた刈山や森本とは異なる場所にいる沖縄人たちであり、彼や彼女たちは、作品の主人公になるような人物でも、本を読んで抗議を申し込もうと考えるような位置や場所にはいなさそうな人たちである。歌の男は、夜中まで働いているようであり、女たちは、紡績の女工たちであった。

作品は、刈山や森本の一方に名前を与えられてない歌の男や紡績女工たちを描くことで、郷里を出てきた沖縄人たちの像が立体的になるように組み立てられているといっていいだろう。そして、名前のある者も名前を与えられてない者も好奇の目にさらされていたが、とりわけ名前を与えられてない者たちは、そのことを気にするあまりに、夜歌うしかないようになるだけでなく、言葉を失っても行く。

西田は、女たちが、首里の出身でありながら、出身地の首里を「田舎」というのに意外な感を受ける。郷里では都会人と威張り、北部や離島を「侮辱の言葉で呼ぶ程威張りたかぶつてゐる」のに、東京では言葉がうまく通じないことで、立ち往生せざるをえなくなる。「彼等の話は他人の聴かないやうに低声か、聞く人のゐない所でしか話されなかつた」し、電車の中では「並んで腰掛けた誰の目にも連れだと分る女達も、最後まで口出す者」がないのである。

言葉の出来ないものたちは、いよいよ言葉を失っていくかたちがここには見られるが、彼女たちにも問題がなかったわけではない。彼女たちが彼女たちの言葉を口にしないのは、「人に聞かれて支那人朝鮮人と見誤られるのを恐れた」ということによるからである。

3は、海とともに暮らした故郷でのことが回想されているが、海は、すべてを洗い流してくれるものであった。海に心を洗われた西田は「訳もなくおど〳〵した引つ込み思案はどうした錯覚に陥入つてゐたのだ。そんなものは今日で綺麗さつぱり払ひ捨てて了はう！。その首途に天狗になつてゐる原口の鼻をたゝき折ることだ」と決意し、相撲を取っている同僚たちのところに戻り、そこで勝ち誇っている原口に挑み、これまでの鬱憤を吹き飛ばしてしまうかのように立て続けに三番、彼を投げ飛ばす。

原口を投げ飛ばした西田は、心に「自恃の第一歩を踏み出した力が誇らず奢らず清く湧き出て」くるのを覚える。作品は、ここで終わってもおかしくはない。作品の構成からいえばそのほうがはるかにすっきりしているのである。

西田のハワイの場は突飛としかいいようがない。では、なぜ、ハワイの場面を加える必要があったのだろうか。それは、作品が単なる復讐劇を書いたものではないことを示すためであったということもあろうが、それ以上に、沖縄人が気にし、心にかけている大切なものについて触れておきたかったということがあったからに違いない。

沖縄の人たちは「ヤップ、サイパン、ジャワ、スマトラ、近くのヒリッピンは勿論、ハワイ、カリブ、南米ペルー、ブラジル、アルゼンチナ」へと移住し、「地球を故郷」だと思っていることを、西田は、ハワイにきて実感する。そこへ、先祖の「位牌」が海を渡ったことを知らせる手紙が届くことによっていよいよ「地球は故郷」だとの思いを強くする。作品の破綻をも厭わずハワイの場面が付け加えられたのは、ハワイが「故郷は地球」だという思いを強くさせた場所であったということとともに、沖縄の出郷者たちにとって最も気にかかる「位牌」を取り出してくるためであったといえるであろう。

四

「故郷は地球」は、ハワイに来た西田に、「祖父母の位牌」を拝みにきたらという従兄からの手紙を読むところで終わっていたが、そのハワイに、「遺骨」を取りに来たところから「レイラニのハイビスカス」は始まる。

「レイラニのハイビスカス」に登場する人物はカマー・グスダ、ツユ・グスダの五二歳と四八歳で亡くなった移民一世の夫妻、その子供のイチロー四〇歳とキミコ三七歳、カマーの弟ヤスイチ五〇歳と彼の恋人レイラニ・マカオレ三六歳、レイラニとヤスイチの子供エマ・ウー一八歳その他である。

「レイラニのハイビスカス」は、二つの大きな柱からなっていた。その一つが、グスダ一族の物語で、それは、沖縄に「新しい墓」が出来たので、「遺骨」をもって帰るためにやってきたヤスイチが墓前で三線を弾く場面から始まる。

ヤスイチが、歌を終え、三線を抱えてベンチに座っているところに、カマー夫妻の息子イチローがやってくる。イチローは、遺骨を持って帰れるように、妹のキミコと話し合って、必要な手続をすると約束する。遅れてキミコがやってくる。キミコは、ヤスイチが両親の遺骨を沖縄に持ち帰ることに反対する。それは、父と母は人生のほとんどをマウイで過したのだし、しかも気に入っていたのだからということもあるが、遺骨が沖縄に行ってしまうと、マウイはもうマウイでなくなるし、ここに帰って来る理由がなくなる、ということによっていた。

両親の遺骨を沖縄に持ち帰り、先祖と一緒の墓に入れたいというヤスイチに、大丈夫だといい、キミコと相談したあとで必要な手続をちゃんと済ませておくと請合ったイチローも、キミコの言葉に、心が揺れる。次はその場面である。

イチロー　二人が死んだ後は、もうマウイに帰りたいなんて思わなくなった。
キミコ　私も同じよ。でも、ほら、見て、私たちはここでなにをしているんだろう。
イチロー　ほんと。マウイは、いつでもぼくらには故郷なんだよ。
キミコ　お父さんとお母さんがここにいる限りはね。

イチロー　ホテルで二人きりのときに話してみるよ。そしたら叔父さんもわかってくれるさ。

「故郷」は、生まれて育ったというだけのところではない。生んで育てた者たちの「遺骨」とともにあるところのものなのである。

五

「レイラニのハイビスカス」のあと一つの柱は、レイラニとヤスイチとの物語である。「遺骨」を持って帰るためにやってきたヤスイチは、兄のカマー・グスダに、トクジロウ叔父の七年忌にあたるので、その「遺骨」を沖縄に持って帰るようにと言われてそうしたのだが、そのあとすぐに日米の戦争が始まり、戻ってくるつもりが、意のままにならず今になってしまったのである。

兄夫婦の墓前にひざまずいているヤスイチに、レイラニが声をかける。一九年目の再会で、レイラニには、子供が三人いて、長女のエマは、九月から大学生になるという。

ヤスイチたちの地主だったキモ・マカオレのうちには子供たちが七人いた。その一番末の娘がレイラニで、レイラニが一七歳の年、二人は恋仲になる。そして二人は結婚したいと思うが、ヤスイチは、兄カマーにそのことを言い出せない。ヤスイチは、カマーに言われて叔父の遺骨を沖縄に持って行かなくてはならなくなり、そのことをレイラニに話し、戻ってきたら結婚しようと誓う。沖縄に帰った途端戦争が始まり、沖縄が戦場になり、戦後の混乱が続き、やっと落ち着いたところで、カマー夫婦の遺骨の

ことも あって、ハワイに戻ってきたのである。

ヤスイチは一等最初にキモのところに顔を出す。キモはあいかわらず賢く、やさしかったし、すぐレイラニに連絡してくれていた。

ヤスイチと会ったレイラニは娘エマのことを話し、またエマにヤスイチのことを明かす。そして、エマに彼が待っているという。エマは混乱する。ヤスイチは、自分の娘が会うことを拒んでいると知って、墓石に向かい「罰が当たった」とうなだれていると、後ろから呼びかけられる。混乱から立ち直ったエマは、ヤスイチを受け入れる。次はその後の場面である。

ヤスイチ　いつか、沖縄に来なさい。一緒におじいさんやおばあさんのお墓参りをしよう。

エマ　ぜひそうしたいわ。

「お墓参り」が、何よりも大切であることが、ここに明らかにされているといっていいだろう。

六

「レイラニのハイビスカス」は、二つの物語からなっていた。その二つの物語は、「遺骨」をめぐる物語と、愛し合った二人が一緒になれなかった物語とでもいえるものであったが、舞台は、その二つの物語を、死んだカマー、ツユ夫婦が見つめ、語り合うかたちで展開していく。

カマーとツユは、ツユがカマーの花嫁としてマウイにやってきたことから、子供が生まれ、子供と一緒に読み書きの勉強を始めたこと、二人とも大学を出したことについて語り、イチローが沖縄戦に参加、除隊後すぐ沖縄に行ってしまったこと、そしてキミコの失恋、結婚のいきさつを聞くと共にあと一つの物語、ヤスイチとレイラニが、恋仲になり、結婚を誓い合いながら、ヤスイチが沖縄に行き、レイラニがマウイを離れ、戦争が終わって、ヤスイチが自分たちの遺骨を取りに来てレイナニと再会そして二人の間に出来ていた子供と会う姿を見つめている。

そして大団円を迎えるのであるが、次はその場面である。

ヤスイチ　頼みがある。

イチロー　なんですか。なんでもやりましょう。

ヤスイチ　ぼくが死んだら、遺骨の半分はここに持ってきてくれ。

イチロー　遺骨の半分？マウイに、ですか？

ヤスイチ　そうだ。半分は沖縄に、半分はここマウイの、君のお父さんとお母さんの隣においてくれ。

イチロー　そういうことでしたら、まかせてください。

ヤスイチ　マウイは、ぼくの人生でいちばん幸福な時代だった。

ツユ　うちなんかは結局は沖縄には帰らないようだね。

カマー　ばあさん、みんなで一緒にいることができるんだったら、マウイも、沖縄も、どこでも同じえさ。

キミコ　叔父さん、お父さんとお母さんの遺骨のことだけど……。半分は沖縄に持って行って残りの半分はここに置いておくというのはどうかしらね。

ヤスイチ　きみはどう思うかね。イチロー。

イチロー　いいと思いますよ、なかなかいい考えじゃないですか。

ヤスイチ　それじゃ、いいわけだな。これで決まったぞ。

舞台は、そのあとヤスイチの「お祝いをしないといかんな」という言葉で、「カチャーシー」が始まり、イチロー、キミコが踊り、亡者のカマー、ツユ夫婦が続き、レイラニ、エマ親子が加わって、幕を下ろす。「レイナニのハイビスカス」の舞台は、死者と生者、あの世とこの世とが渾然一体となって繰り広げられ、海外移住者の哀歓を見事に描き出していた。

七

「レイラニのハイビスカス」には、ハワイに移住した沖縄人たちの悲喜劇が繰り広げられていた。そしてそれは、彼らを特徴付けるものによってそうなっていたといっていいが、その一つに、言葉があった。

レイラニ　ユー、意地悪なオキナワン・ジャパニー……どうして私があなたのこと好きなのか、わかる？

ヤスイチ　どうして？　どうして、ぼくが好き？

レイラニ　いつも変な言葉使って笑わせるからよ。あなたの言葉、ジャパニーズ、オキナワン、ハワイアン、イングリッシュ、みんな混ざっているわ。
ヤスイチ　ユーもそうだよ。マンチャーヒンチャー。
レイラニがいう通り、ヤスイチはまさしく「マンチャーヒンチャー」の言葉を使っているのである。レイラニにとっては、それが「好き」だった。
しかし、それは誰もが「好き」だったわけではない。
ミセス・タカハシ　私たちの学校には、何名か沖縄人の生徒たちがいました。ほかの日本人の子供達と遊んでいましたが、でもどこか違っていましたね。
キミコ　違っていた？
ミセス・タカハシ　そう…。ひとつには、すこし色が黒いですね。それに、沖縄訛りで話していました。――それが悪いということではありませんのよ。でもね、ときどき、なにを言っているのかわかりにくいところがありました。
あなたのお父さんとお母さんは、あなたが同じ沖縄の方と結婚することを望んでいらっしゃるのではないかしら。
あなたのお父さんもお母さんも私たちが沖縄人だとは思っておられないでしょう。
考えてごらんなさいね、キミコさん、同じ出身の方と結婚することがいちばんいいの

　　　ですよ。そう思いませんか？

　キミコがハワイ大学の四年の時知り合ったタカハシ・トシオから結婚を申し込まれ、彼の母親に会いに行った時、なされた会話である。言うまでもなく息子と結婚する事はできませんという断りの言葉であった。

　ミセス・タカハシの言葉に見られるように、沖縄人を特徴付けたあと一つには、「少し色が黒い」ということがあった。

「何を言っているのかわかりにくい」「沖縄訛り」そして「少し色が黒い」というのは、文化そして人種が異なるということを含む言い方であったばかりか、そのことが決して誇れるものでないことを示してもいた。

「マンチャー・ヒンチャー」語や肌の色によって、沖縄人たちは、移住先でもつらい思いをせざるを得なかったのであるが、他を特別視するにおいては、沖縄人たちもまた例外ではなかった。ヤスイチとレイラニが愛し合いながら一緒になれなかったのは、レイラニに対する周囲のそれがあったからに他ならない。

カマー　おまえはあの二人のことはずっとわかっていたんだろう。
ツユ　　イエー、カマー、ヤスイチはとっても幸せだったんだよ。
カマー　行儀もなにも知らない土人の娘と妙なことになりおって、こいつは！

ヤスイチとレイラニが深い中になっていくのを見ながら、カマーとツユが話す場面である。カマーには、明らかにヤスイチとレイラニの結婚は相応しくないという思いがある。そしてそのことを、ヤスイチもレイラニも気づいていた。

カマー　あのバカタレが話してさえくれていたら！

ツユ　ヤスイチとカナカ・ガールのことをねえ？

カマー　「カナカ」というのはやめなさい。ナイチーたちが私たちのことを「ヘアリー・ピッグ」、「毛深いブタ」と呼ぶのと同じことじゃないか。

ツユの皮肉っぽい言い方は、カマーがことあるごとにレイラニのことを「カナカの女」といい、「土人の娘」といっていたことにあるが、カマーは明らかに変わり始めていた。

カマーの変化は、カマーの娘キミコが、カマー自身がレイラニを見るように、ミセス・タカハシから見られたことを知ったことにもあろうが、何よりもヤスイチとレイラニとの間に子供が出来ていたことを知ったことにあった。

八

「レイラニのハイビスカス」は、「カジャディ風節」で幕が開き、「カチャーシー」で大団円を迎える。その形は、すでに沖縄そのものを指し示すものであったが、「遺骨」の行衛をめぐって繰り広げられる舞台は、レイラニとヤスイチとの哀切を極めた愛の言葉を随所に織り込みながら幕を下ろす。最後の場面は、次のようになっていた。

ヤスイチ　エマはママと同じだ。とっても上手だ。

イチロー　これはもう沖縄の血だな。

キミコ　オキナワン・ハワイアンの血よ。

ヤスイチの三線に合せてエマがレイラニの後について踊るのを見ての会話である。「遺骨」を沖縄とハワイの地に分けることを含め、ヤスイチが死後の分骨を依頼したのは「沖縄の血」がハワイに流れていることを知ったことにある。最後の場面は、そのことをよく示すものとなっていた。沖縄である事によって、沖縄を越えていくかたちが、ここにはまた示されていたといっていいだろう。

「故郷は地球」も「レイラニのハイビスカス」も、沖縄にこだわりながら沖縄を越えていくかたちが見られる作品であったといえようが、二つの作品に見られる「位牌」や「遺骨」こそ、そのことを可能にさせたものであった。

Ⅳ　海外の琉歌・戦後の短歌

摩文仁詠歌の地平
――短歌の中の戦争

日本歌人クラブ編になる『日本歌人クラブアンソロジー二〇〇〇年版　現代万葉集』の「戦争・災害」の項には、沖縄戦と関わって詠まれた次のような短歌が収録されている。

ふる里のこの土とりて握りしむ学友ら埋めし土の感触（新垣秀雄、他二首）
ひめゆりの友等戦に逝きにしを吾は老いつつ挽歌詠みつぐ（上江洲慶子）
沖縄にサミット近づく珊瑚の底に若きままなる命沈めて（北浦賢子）
阿嘉島の星条旗があがるモノクロに写らざる惨を今なほ思ふ（紺谷志一）
腥き風に咲きたる日もあらむ梯梧の幹を仰ぎ偲ばゆ（斉藤俊夫）
時空超えて摩文仁の丘に鎮もれる森岡大二おろそかならず（清水千秋）
うからの名を平和の「礎」に見つけ得し涙の歌友に吾も涙す（鈴木ヤエ子）
摩文仁野の丘に佇み名呼べどいらへもあらず高き海鳴り（津野美祢、他一首）
勢理城の石獅子の眼の奥に刻む戦の修羅場の忌はしき残像（仲程喜美枝）

平和という言葉の重み説き聞かす摩文仁が丘に孫連れ来て（仲本将成）

親が子を子が親を危めたるニッポンのイクサ・オキナワに終わる（平山良明他一首）

琉球の王朝ゆかりの寺跡は戦災に消えて茅のみ茂る（真栄城尚）

穂すすきはあまたの白旗振るごとし摩文仁の丘へと続く道の辺（宮脇瑞穂）

父の戦地を見むとうからと来し島に明日は別れの泡盛を酌む（和田真佐子）

『日本歌人クラブアンソロジー二〇〇〇年版　現代万葉集』に収められた、これら沖縄戦と関わって詠まれた歌の数は、他の年刊アンソロジーと比較するまでもなく、決して少ない数とはいえないのではないか。敗戦後五五年たって、年間なおこれだけの数の沖縄戦と関わって詠まれた歌が見られるということは、他でもなく沖縄戦そのものが、それだけ特異な戦闘であったということを証していよう。さらには沖縄が、なお戦争を想起させる土地、すなわち広大なアメリカ軍の基地に覆われているということと関係していよう。

車を少し飛ばせば、すぐに眼に入ってくる金網に囲まれた基地そして戦跡、しばらく静かにして居れば聞こえてくる飛行機の爆音そして軍事演習の砲声。そのような地に住んでおれば、体験者は勿論のこと、事あるごとにその悲惨さを聞かされてきたものたちも、否応なく戦争を身近に感じざるを得ないし、また沖縄を訪れるものたちにとっても、それは、遥か彼方の出来事であったとは思えなくなるはずである。戦争と関わる歌が詠まれ続けられるのも当然と言えば当然なのである。

「二〇〇〇年版」に収められた沖縄戦と関わる歌の多さからして、敗戦後どれほど多くの戦争詠歌が現れたか計り知れないものがあるが、一九七七年（昭和五二）に刊行された「昭和五一年沖縄年刊合同歌集」『風根』以来、一九九九年（平成一一）刊行された「平成十一年終戦五四年本土・沖縄年刊合同歌集」『世果報』まで二三冊に及ぶ「沖縄年刊合同歌集」を通して見る限りでも、その数は決して少ない数ではない。

では、それらに見られる戦争詠は、沖縄戦をどう歌っていたのだろうか。

○

「二〇〇〇年版」に収められた歌は、戦場を歌った歌というよりも、「思ふ」「偲ぶ」といったように戦争を回想した歌が多く見られた。それは他でもなく敗戦後五〇数年たって詠まれたことと関係していようが、あと一点、際だった現れ方をしているのがあった。「摩文仁」である。それはまた「摩文仁」が、沖縄戦終結の地として知られていることによるであろう。摩文仁は、間違いなく沖縄戦を象徴する一つの場所であった。沖縄戦がどう歌われているかは、それゆえ「摩文仁」を歌った歌を見ていくことでわかると言っていいほどである。

では、「摩文仁」はどう歌われているか。

沖縄の摩文仁の丘に聞こえくる潮鳴り兵の声かとも聞く（大浦芳子）

摩文仁野の葉づれの音に足を止め父の声かと耳澄ましきく（渡名喜勝代）

あざみ咲きはや夏告ぐる摩文仁野のかげろふに顕つ兵のまぼろし（平良好児）
年毎に訪ふ摩文仁の裾野なり真日さんさんと少年兵顕つ（新里スエ）
潮騒も死者の叫びに思われて悲しびを呼ぶ摩文仁巌頭（神里義弘）
摩文仁野の日昏れ茜に佇つほどはさゐさゐと死者のささめききこゆ（大塚信）
蝶渡る海しみじみと冬の色摩文仁の風に硝煙を嗅ぐ（大城永信）

摩文仁は、そのように死者たちの「声」や「まぼろし」が、立ち現れて来る場として歌われるとともに、未だに戦場を想起させる「硝煙」の匂いが流れてくる場として歌われている。学徒兵として戦場を体験した大田昌秀は、摩文仁と関わって「わたし自身のように、死者と共に戦闘に参加し、ここ摩文仁が丘の狭小な一角に追いつめられたあげく、陸・海・空からする敵の集中的な砲爆撃にさらされながら奇しくも生き残れた人々にとっては、次から次と束になって斃れていった戦友たちがいまわのきわみにみせた苦悶の姿はむろんのこと、戦場で逃げ場を失った地元の老幼婦女子たちの目を覆わしめる断末魔の様相は、忘れようにも忘れうるものではない。それはまるで悪夢としかいいようがないほど、文字どおり人の世の終わりを示す凄惨な殺りく場面の連続だったからだ」（『沖縄戦戦没者を祀る　慰霊の塔』一九八五年）と書いている。そのような場に立てば、見るもの、聞くもののすべてが死者たちを髣髴とさせるものに化すであろう。

摩文仁に死者の「声」や「まぼろし」が立ち現れるのは、そこが、大田の書いているように「凄惨」

な場であったことの現れに他ならない。歌は、その「凄惨な殺戮の場面の連続だった」場を、次のように歌っている。

負傷兵とをんな子どもを置き去りて摩文仁へのがれし兵みな死にき（桃原邑子）
何処にか我兄眠る摩文仁野に会ひしと聞きし其れより跡絶ゆ（喜舎場みえ）
追われきて果きわまれり摩文仁の地浅き砂地に埋もれいしきみ（喜村朝貞）
戦死者の屍累々と摩文仁野に放置されたる惨忘れまじ（島栄子）
年経りてなほ胸傷む摩文仁岬泣く児を海に投げしと聞けば（当山タケ）

摩文仁は、そのように追われ、逃れてきた兵士たちの死んだ所であり、埋められた地として歌われている。それだけではない。子供たちが、理不尽な死に追いやられた地として詠まれている。それらの歌につながるものとして「兵の血に生きし珠数藻か摩文仁野の土の窪みに黒ずみて生ゆ（石塚一徳）」といったのや、「生きゆかむ声聞こゆなり摩文仁野に散りにし屍踏みゆくを畏る（上江洲慶子）」「万の血を吸いし土なる赤き色踏むにせつなし摩文仁への道（仲座康子）」といった歌、さらには「遺骨掘らむ人らの群に朝光は眩しかりけり摩文仁野の原（新垣秀雄）」「還り来ぬうからの形見と遺族等は小石を拾う摩文仁野の果て（仲本将成）」といったのが見られる。

摩文仁を詠んだ歌のそれは第一のタイプとして見ることができるものである。追いつめられた果ての死、そのような死者たちの埋もれる地、そして死者の血で生育しているかにみえる草花のある地、さらには足を踏み入れることに畏れを抱かざるを得ない地として詠まれているものである。

　そのバリエーションとして、例えば、「摩文仁野に散りし乙女のセーラーの重なり見ゆる冷たき慰霊碑に（野村ハツ子）」「摩文仁野を彷徨う御霊が父母の名を父の名を呼ぶ耳にさみしく（仲本将成）」「戦争に追われし人らが身を投げし摩文仁の海の盆月夜かも（上里きよ）」といった歌もあげられよう。亡くなった死者たちの面影が際立ってくる場所、摩文仁はまたそういう場所でもあった。

　本土歌壇で戦争詠歌が、そのように切実な思いをもって詠まれたのはいつ頃まであろうか。沖縄の施政権が日本に返還された年の一九七二年（昭和四七）、宮柊二は「近事感想」として、「私は自分自身に対して戦争回想の歌をつくることは出来るだけ抑えてきているけれど、全く阻止しようと思ったことは無い。抑えようとしたことは、環境が違ってからの回想歌や同時性を帯びていない詠嘆は、力が弱いと思われる理由からである。弱いよりは寧ろ、感傷に嘘が入りやすいと考えられるためである。阻止しようとしなかったのは、ああいう死生の間の感情は特殊なもので、私はそれを十分にうたい得ないで終わっている。出来れば、うたって置きたい願望が心の底にあるからである」と述べているという。回想歌、とりわけ戦争に関する回想歌に関する宮柊二の「感想」が書かれたのは、七〇年代当初の歌壇が「安保阻止に関わるものをはじめ、成田空港の反対闘争、ベトナム戦争、基地問題などの作品が多かった」ばかりでなく、「かつての戦争の傷痕を想起し、さまざまの戦時体験を詠んだ作品があらわれて」きたといった状況と関わっている。七〇年代初頭には、そのように「戦時体験を詠んだ作品」が数多く見られたということからして、それが必ずしも戦後まもない頃だけの産物ではなかったことがわかるが、そのことに関して「戦争回想のひろがりは、現実を見失ったことにたいする、あるいは歌うべき現実を掌握できなかったことと、微妙に関わる問題であるかもしれない」（「七〇年代への架橋」『昭和万葉集　巻十六』一九八一年）という指摘がなされていた。「イザナギ景気」の到来、そして「大衆消費社会の開幕」といった中で現れたきた「戦時体験」詠が、「現実を見失ったこと」と関わりがあるかも知れないとする見解が的を射たものかどうか判断する根拠をもってないが、本土歌壇についてはそう言えたにしても、沖縄ではどうなのだろうか。

『風根』に収録された歌が詠まれた年、一九七一年（昭和四六）の沖縄の動向を「沖縄・奄美総合歴史年表」（『沖縄大百科事典別巻』所収）で拾っていくと、一月二〇日自衛隊の〈ＡＤＸ〉訓練で那覇空港周辺は激しい騒音、二二日海兵隊大演習で嘉手納基地周辺激しい騒音、三月一〇日伊江島の民間地域にジェット推進補助タンク落下、三月一二日瑞慶覧基地司令官、核訓練の事実を認める、五月一九日B52、ＫＣ一三五給油機嘉手納に飛来、六月二三日沖縄島南部の各基地から自衛隊員一〇〇〇人が車輌八〇台で摩文仁へ深夜行軍、七月一日米海兵隊の実弾射撃演習で阻止団のメンバーが砲弾の破片で負傷、八月一五日南洋群島戦没者三三回忌合同慰霊祭サイパン島のおきなわの塔で行われる、九月一七日米軍実弾砲撃演習、阻止団のゲリラ行動で中止、一〇月七日実弾演習阻止、刑特法適用糾弾県民総決起大会といったような戦時を想起させる事件、事故が発生、そしてそれを告発する集会が開かれている。

そのような状況の中で詠まれる歌が、「現実を見失ったこと」によって生まれたものであったとは到底いえないのではないか。戦争詠歌が、歌い続けられるのは、米軍や自衛隊の相次ぐ軍事演習の強行に触発されてのことであるといえるし、その時前面に現れて来るのが、他でもなく摩文仁であった。

○

摩文仁はまず追いつめられて、逃げ場を失って死んでいった者たちの地として詠まれたといっていいが、そのような場が、遺族をはじめ関係者にとって大事な空間となっていくのは言を待たない。

鎮魂の祝詞の声にすすり泣く声は摩文仁の空を掩えり（仲本将成）
摩文仁岳はるかに訪ひて慰霊する母らはみな老い峠は険し（伊野波弘子）
慰霊の日甘蔗の葉さやぐ摩文仁野に戦に果てし兄の声あり（上江洲慶子）
わが父の名も刻まれて摩文仁野の平和の礎尊かりけり（島袋喜厚）
付き添はれ車椅子にて摩文仁野の平和の礎に涙する外人（照屋敏子）
信濃より訪ひ来し人らの追悼の声透りくる摩文仁の丘に（宮城喜久子）
薄青きチマチョゴリは喪の装ひ鎮魂アリラン摩文仁に響く（永吉京子）

摩文仁は、「鎮魂の祝詞」が唱えられる場であり、「慰霊する母」の姿が際立つ場である。そしてそこは、県人だけが訪れて来るのではなく、「外人」も「信濃」の人も、「チマチョゴリ」を着た人も訪れてくる。

それは「戦に果て」た人々の声を聞き、その無念さを慰めるためにである。摩文仁は、恩讐を越えてあらゆる場所から人々の集まって来る鎮魂、慰霊の場として詠まれるようになる。

一九七七年（昭和五二）は、沖縄戦が終わって三三年目にあたり、最後の法要が行われた。沖縄県歌話会は、同年三月一三日第一回沖縄県短歌大会を開催しているが、入賞作品天、地、人の三首ともに「戦争の爪痕の残る沖縄をテーマ」にしていた。そのことについて謝花秀子は、「今年は沖縄戦が終わって三十三年目にあたり、三十三年忌という最後の法要（ウワイスーコー）が行われる。沖縄県民の一人一人が平和を願い、過ぎし戦いの傷跡を癒そうと願っているであろう。その心が歌を歌い、また、歌に共感をおぼえ、選出させたことと思う」と述べたあとで、次のように続けていた。

戦争を体験し、その悲惨さを見てきた人々が、次の世代の人々のために声を大にして平和を叫び、その悲しみを心の底から表現することは、戦争を知る人にも知らない人にも深い感動を与えるであろう。だが、すべての作品が戦争をテーマにしたものであり、選ばれた作品がそれだとしたら、作者にとっても読者にとっても問題である。

歌は、作者の内面の問題、喜怒哀楽の情感、愛や死や生活の体験などが感動となって表現されるものであろう。今大会の作品の中にも、叙情的な歌や叙景歌など細やかな心の表現で感動をよぶ作品がいくつもあった。そういう作品が見のがされて得票に結びつかなかったのは残念なことである。「もうこのへんで戦争を売物にすることはやめてよいのではないか」という会場からの声に耳を傾けることは大切なことではないか。また沖縄の戦争詠が観念的になることは強く戒めねばならないという考えも、作者の態度として大いに肯定されなければいけないことである。

第一回沖縄県短歌大会の開催が、三三回忌の年にあたったということは偶然だろうが、その年、戦争詠が多くなったことは偶然とはいえない。戦死者たちの最後の法要の年に当たっていたということと関係しているからである。そして入選作品三首がともに戦争詠であったということも偶然とはいえない。非命に倒れていった者たちへの思いは、最後の法要ということでいよいよ切実なものになっていったに違いないからである。

いつまでも戦争が歌われることに疑問無しとしない。とはいえ、戦争詠は一様でなくさまざまに形を変えていくものであることを見のがしてはいけないであろう。摩文仁が、死者の場から、慰霊、参拝の場へと変化していくように。そしてそのような参拝の場として歌われた歌を第二のタイプとすることができよう。

摩文仁に各県の碑が林立し、さらには県によって「平和の礎」が建立されたのは、摩文仁で多くの人たちが亡くなったことによる。そこで慰霊祭が催されるのも、そこが最後の場として認知されているからにほかならない。慰霊祭は、死者の慰霊は当然として、あと一つ大切な役割を担うものとなっていく。

しらしらと慰霊碑群れ建つ摩文仁丘に平和を誓ふ島人われら（板良敷朝珍）

とこしえの平和を祈る摩文仁丘鐘の音冴えて悲しみあらた（大浜用一）

梅雨空に平和の叫びとどろきて摩文仁が丘に鳩の舞い立つ（国吉清子）
若人がいま受けつぎしこの平和熱気みなぎる摩文仁ケ丘に（安谷屋保昭）
恒久の平和を希う歌声は元日の朝摩文仁野にひびかう（山田善照）

摩文仁は「平和を祈る」場であり、「平和を希う」場であり、「平和を誓ふ」場であり、「平和の叫び」がとどろく場であり、平和を受け継いでいく場として歌われている。摩文仁を歌った歌の第三のタイプとして区分けできるものである。

第三のタイプから、摩文仁が、「慰霊祭空も悲しか雨ふりぬ摩文仁へ行進ずぶぬれのまま（稲嶺郁子）」「炎天下南の果ての大度地を平和行進摩文仁に向う（安谷屋保昭）」といった歌に見られるように、平和行進の目指す最終目的地として登場することになっていくのもまた当然であったといえよう。

○

摩文仁は、第一に多くの人々が戦死した場所として、第二に死者を慰霊する場所として、第三に平和を希求する場所として、短歌に詠まれてきたといっていい。勿論、その三つのタイプの短歌だけがあるわけでない。例えば、

潮風の頬にさわれる摩文仁野の木立求めてワルツ聞き居り（玉城波光）
元日の摩文仁の丘の芝草に弾む足取りポルカと変わる（大城永信）

声援を受けてジョガー等ひた走る甘蔗の葉さやかに揺るる摩文仁路（仲本将成）

といったのがあった。

「ワルツ」や「ポルカ」は、行楽の一日を歌ったものであろうし、「声援」は、マラソンを走る人々と関わって詠まれたものである。ここには、戦争の影はまったくない。摩文仁詠歌は、やがてこれらに類するものが多くなっていくのだろう。できることならそれが望ましい。のどかな光景こそ、平和というものの顕現だからである。しかし、摩文仁の現実が指し示しているのはそこからはるかに遠い、というよりも摩文仁から見えてくる現実は、平和という風景が隠蔽してしまう問題を照らし出していた。

銃弾も売らるる摩文仁観光に風の鳴咽を岩むろにきく（平良好児）

刻まれて名のみ残れる摩文仁原誓風化し人奢りゆき（翠宮城弘子）

「銃弾」が土産物として売られる戦跡、そして刻銘碑の立つ戦跡の観光地化といった事態を、苦渋の思いをもって歌ったものである。戦跡の観光地化と人の奢りによって、戦争が風化していくことを憂えたもので、それもまた、摩文仁を濃く彩っているものである。

摩文仁が突きつけているのは、しかし「観光」「風化」現象にだけにあるのではない。もっと重要な問題がそこにはあった。

粉飾の悲しきまでに摩文仁丘終焉の地に何を競へる（宮城普美）

玉砕・勇戦・敢闘・偉勲・英霊など摩文仁の各県の碑文の熾烈（桃原邑子）

摩文仁に各県の碑が集中的に建て始められるのは、一九六〇年代になってからであるといわれるが、それらの碑は、その偉容を競うかのように建てられていったばかりでなく、そこに刻まれていった文言には、目を見張らざるを得ないようなものが散見された。

「広島や長崎でも多分そうであろうが、地上戦が熾烈に展開されたほとんど唯一つの県たる沖縄においても、今や戦争の痕跡をとどめるものはほとんど見当たらない。しかし、そんな中でも、沖縄の最南端に位置する摩文仁や米須を訪れてみると、去る大戦の戦没者のために数多くの慰霊塔が建てられていて、この地が沖縄戦最後の激戦地であったことを想起させられる。／とくに摩文仁の丘へ登ると、各県の慰霊塔がさまざまにそのデザインを競い合うかのように林立している。パック旅行の強行スケジュールにしたがって、かけ足で通り過ぎていく多くの戦跡訪問者たちは、そこで何を思い、何を感じ取っていくのであろうか。あるいは地元の人々の目に摩文仁の情景はどう写るのであろうか」（「慰霊塔碑文の総論的検討」）と、仲原俊明は、慰霊塔の碑文についての分析、検討を始める前に、そのように問いかけていた。

もし「パック旅行の強行スケジュールにしたがって、かけ足で通り過ぎていく」のでなければ、「摩文仁の情景」は、二首の歌にみられるようなものになっていくであろう。デザインを競い合うかのように林立している碑への違和、そしてその碑に刻まれている文章。そこには実に驚くべき事が記されていたのである。

島田善次によれば、塔の碑文の多くは「大東亜戦争の大義、祖国の栄光、本土防衛、不滅の偉勲、等がキーワード」になっていて、「戦争・戦死の否定、強い懺悔、平和・反戦への誓い決意をあらわす文言は余りない。平和という文字は多く見られるが、ただ、それも碑文の基調ではなくつけ足しの感がある」にすぎず、「基調をなしているのは、戦争・戦死の美化であり、肯定的評価であり、その遺徳の顕彰である」（「碑文における戦争と戦死への視点」）という。

慰霊碑の碑文には、問題があった。それだけではない。平良修は「沖縄戦跡の慰霊の碑に欠けているもの」の中で、戦跡の慰霊碑は、敵味方、戦闘員非戦闘員の区別なく、戦場跡に散らばった白骨を集め、祀るために建てられ始めたにもかかわらず、「いつの間にか、世の保守化傾向と相呼応して、軍隊をなつかしむ雰囲気、日本軍最高司令官と参謀長を祀る黎明の塔が慰霊碑群の最高位のものであるかのような雰囲気が醸し出されてきている」と、碑に関わる認識の変容について指摘するとともに、「慰霊の日」に右の手で平和宣言がなされるかと思うと、左の手では自衛官募集業務が強行される。右手で「沖縄全戦没者追悼式」を主催するかと思うと、左手では軍事基地容認の政治がすすめられる。そういう風潮の中で、戦跡観光が盛んになるだけ戦死者は商品化され、沖縄戦は観光客の旅情に一味つけてくれる単なる過去の悲劇としてしか映らなくなってしまう。そういう反動的風潮の中で六月二三日を中心に大小さまざまの慰霊祭がおこなわれればおこなわれるほど、それは慰霊碑を反戦平和の碑として位置づけようとする方向からはづれ、このような悲劇を二度とくり返さないために専守防衛の自衛軍を強化しようという方向にすりかえられ、利用されていってしまうのである。と指摘していた。

反動的風潮のうねりが強くなる中で、摩文仁はその持っていた本来の意味とは全く異なる方向へ移行していくといった事態が生じてきてもいるが、「悲劇を二度とくり返さないために」強化しなければならないのは、「自衛軍の強化」などでないのは勿論である。

○

摩文仁を有名にしたものといえば、六月一八日、牛島軍司令官が下した「最後の命令」とされる「全将兵ノ三ケ月ニワタル勇戦敢闘ニヨリテ遺憾ナク軍ノ任務ヲ遂行シ得タルハ同慶ノ至リナリ。然レドモ、今ヤ刀折レ矢尽キ、軍ノ命旦夕ニ迫ル。スデニ部隊間ノ通信連絡杜絶セントシ、軍司令官ノ指揮至難トナレリ。爾後各部隊ハ各局地ニオケル生存者ノ上級者コレヲ指揮シ、最後マデ敢闘シ悠久ノ大義ニ生クベシ」というものであろう。

沖縄戦はよく知られている通り、三月二六日慶良間への米軍の上陸、四月一日、沖縄本島中部海岸への上陸とともに、猛烈な「鉄の暴風」が吹き荒れ、兵も民間人も、南部に追いつめられ、六月一八日を迎えるのであるが、「悠久ノ大義に生クベシ」の命令によって、生を絶たれてしまう。「悠久ノ大義」は、死ぬことで守られるものとされたわけだが、摩文仁に追いつめられた民間人も、また否応なくその犠牲になっていった。

牛島満第三二軍司令官の命令は、軍人のみならず、多くの民間人をも巻き込んで死に至らしめた命令で、戦闘終了を肯んじない「最後の命令」として人々の記憶に残っているものである。摩文仁に立てば嫌でも思い起こされてくるものであるが、その命令とともにあと一つ摩文仁を有名にしたものといえば、クリントン米大統領の同地でなされた演説であろう。

クリントン米大統領は、未来について語ることになるG8首脳会議の前に、まず「沖縄で命を落とされた人々を追悼」したいがために摩文仁の地を訪れたということを枕にし、「沖縄県民の悲劇」について触れていった後で、次のように述べている。

「沖縄戦」は最も悲惨な戦闘でした。その戦闘を悼んで建立された記念碑は最も強い人類愛を示しています。この「平和の礎」の素晴らしさは、すべての人の悲しみにこたえているところです。たいていの記念碑は戦争で亡くなった一方の側だけの追悼を行うものですが、この礎は戦った双方の人々、そしていずれの側にも戦わなかった人々を悼むものです。それは単に一つの戦争の慰霊碑という以上に、あらゆる戦争への慰霊碑なのです。

こうした共通の犠牲を追悼することにより、礎はまたそのような悲劇が二度と人類に降りかかることを防ぐための私たちの共通の責任を想起させてくれてもいるのです。（二〇〇〇年七月二一日付『沖縄タイムス』夕刊二版）。

「クリントン大統領演説」にたいしては毀誉褒貶相半ばしたといっていいだろうが、その演説が「平和の礎」を基調にしていることは、実に驚くべきことであった。五〇年経って、改めて「悠久ノ大義」に生きたものたちが呼び出されてきたというのは不穏当だとしても、摩文仁での大統領演説は、第三二軍司令官の命令を想起させるに充分だったと言えるからである。後者が死を、前者が生を、といったようにその「演説」及び「命令」の強調した点は正反対であったとはいえ、どちらも「勇戦」「戦闘」を踏まえて語られたものであったからである。

摩文仁は「悠久の大義」を生きた場から「共通の責任」を想起させる場へと、その軸を移した。しかし、摩文仁が「あらゆる戦争の慰霊碑」として認知されるには、「共通の責任」は「基地」によって果たされるという認識が否定されないかぎり、空疎な飾りになるしかない。

摩文仁が、いかに大切な場であるかは、「演説」を待つまでもなく、米大統領が、他のどこでもなく、そこに降り立ったということが示していた。摩文仁は、時代と共にあるのである。そしてそれは、摩文仁詠歌が最もよく示していたといえるかと思うが、今、それはどうなっているのだろうか。

摩文仁野の物語みな悲しかり平和資料館の静寂深まる（松山勝三）

歌は、所謂平和祈念資料館問題として世間の耳目をそばだたしめた応答に関わるものではなく、展示品の全てが心にくい込んでくる、その果ての深沈とした思いを歌ったものである。「摩文仁野の物語」は、碑、礎とその舞台を変え、そして今、館の登場と言った事態を迎えているが、その核をなすものに変わりがあるはずはない。摩文仁詠歌は、そこに新たな魂を吹き込んでいくことになろうが、その志を失っては「戦争を売り物」にしているといわれても仕方がないであろう。

『Hawaii Pacific Press』紙に掲載された ペルーの琉歌

一　ペルー琉歌の登場

『Hawaii Pacific Press』[1]の「琉歌」欄に、はじめてペルー在住者の作品が現れるのは、一九七九年六月一日である。作者は、与座仁明。歌は、次のようなものであった。

1　生り島ぬ市長ペルーに拝がで　肝心あわち嬉りさ福らさ[2]

2　ゆす国ぬ暮らし思い侭ならぬ　残ていいく物や皺と白髪

3　世界に珍らさる南風ん知らん　ペルーにまたいもり御待ちさびら

ペルーの琉歌は、1に見られるように「生り島ぬ市長」のペルー訪問を祝して詠まれた歌に始まる。六月一日号の三首を皮切りに、与座はその後、『Hawaii Pacific Press』の「琉歌」欄の常連たちに混[3]じって七月一日号に四首そして九月一日号に三首を発表。七九年の与座の登場は三回だけであるが、同年一二月一日号には、同じくペルー在住者の作品で、次のような歌が掲載されていた。

手紙小やでかしハワイ島行ちゆい　我身やくま居とて思むたびけじ

作者は比嘉慎一。

一九七九年『Hawaii Pacific Press』に見られるペルー国名になる者の登場は、与座仁明、比嘉慎一の二人だけであった。それが、翌一九八〇年になると、一挙に増えていく。

『Hawaii Pacific Press』一九八〇年二月号の「琉歌」欄は、一月号までの「琉歌」欄とは大きく異なるものとなっている。一月号までの「琉歌」欄は、創刊以来のいわゆる常連によって埋められていたといっていいが、二月号には、その常連の名前のあとに、これまで見られなかった名前が数多く並んでいる。その中に「ペルー国」として又吉節子、山城千代、安和ウシ、与座仁明、仲宗根信栄、伊芸銀勇、玉城武孫といった名前が見られた。

『Hawaii Pacific Press』の「琉歌」欄が、二月号から変わるのは、一九七九年一二月「ハワイ琉歌会」が結成され、その会員の作品が掲載されたことにある。

『Hawaii Pacific Press』一九七九年一二月一日号は、「琉歌の作り方習う　ハワイ琉歌会六日発足」の見出しで、次のように伝えていた。

　琉球芸能研究家の比嘉武信氏が世話役となって琉歌研究のためのクラブを結成する準備が進められていたが、指導教師に比嘉静観師と沖縄在住の川平朝申氏が決まり、いよいよ来る十二月六日（木）午後一時半からＹＭＣＡで初会合を開き「ハワイ琉歌会」を結成することになった。

　このクラブでは、琉歌の鑑賞の仕方を勉強したり、琉歌の作り方を習い、出来あがった歌は沖縄の川平朝申氏のもとへ送り、添削指導してもらうことになっている。

同クラブへの入会希望者は比嘉武信氏[4]へ連絡するよう望まれている。

『Hawaii Pacific Press』の琉歌欄が、大きく変わるのは、「ハワイ琉歌会」が結成され、会員の作品を掲載するようになったことにあるが、「ハワイ琉歌会」は、ハワイ在住者だけで結成されたのではなかった。

二月号に登場したペルー在住者の作品は次のようなものである。

ペルー国　又吉節子

宝船出ざち南風に舵取らち　便ぬ数毎に想ひ乗せて

ペルー国　山城千代

旅に身や有ても肝や里おもて　歌に慰でる浮き世わたる

ペルー国　安和ウシ

外国に暮ちん生れ島沖縄の　情ある歌や肝にかかて

ペルー国　与座仁明

生れ島歌や洋やしく渡て　遠方南米に花ゆ咲かち

ペルー国　仲宗根信栄

年や流りゆい歌やまちぶゆい　繰り戻ち見欲さ元の十七
ペルー国　伊芸銀勇

ハワイてる島に琉歌の会発起ち　わしたペルーまでおよび召せさ
ペルー国　玉城武孫

唄と音楽に踊るたのしみや　吹く風に揺りる花の如さ

ペルー在住者の作品が二月から多く見られるようになるのは、伊芸の歌からわかるように、琉歌会結成の呼びかけがあったことによる。「ハワイ琉歌会」の呼びかけが、ペルーだけでなく南米の国々に及んだことは、アルゼンチンやブラジル記名になる作者が見られることから明らかであるが、ペルーからの参加が、他の南米諸国に比べて断然多い。[5]

それは、「ハワイ琉歌会」結成前から作品を発表していた与座仁明や比嘉慎一がいたということもあろうが、呼びかけられてすぐに答えられたということは、それだけ、琉歌にたしなみのあるものがペルーには揃っていたということであろう。[6]

三月号に掲載された、ペルー在住「ハワイ琉歌会」会員の歌は、次のようなものである。

ペルー　山城千代

生れ島唄や忘れていなゆみ　共に育だてゆる今日の祝い

ペルー　仲宗根信栄

目出度さや今宵歌の口開けて　心から姿若くなゆさ

ペルー　伊芸銀勇

果報の世のしるし琉歌会起ち　希望盛りあげる力なさな

ペルー　玉城武孫

今日の誇らしやや願い事叶て　栄え佳例吉のお祝さべら

ペルー　又吉節子

みろく世のしるし呼び寄しりおとぎや[7]　育てらな互にハワイ琉歌会

ペルー　安和ウシ

一世や年よてん後継ゆる如に　かりゆしの歌や子孫までむ

ペルー　与座仁明

琉歌てし作て松の木の如に　与所島に居てもむてい栄え

「ハワイ琉歌会」が結成されたのは一九七九年一二月、そして一九八〇年二月号『Hawaii Pacific Press』は会員の作品を掲載していたが、「ハワイ琉歌会」の文字が「学芸」欄に現れるのは四月一日号からである。これまで「琉歌」だけであったのが、「琉歌」と「ハワイ琉歌会」の二本立てになっていく。[8]

初めて「ハワイ琉歌会」の文字が現れた四月一日号は、次のような前書きを添えて作品を掲載していた。

ハワイ琉歌会第二回作品課題「沖縄正月」応募者三十一人、九十三首。会員互選句を川平先生が添削したもの

「ハワイ琉歌会」は、一九七九年一二月六日の「発会式」後の「協議」で、「会員は毎月の兼題で三首を投句し、互選で投句者の一首を在沖縄の川平朝申先生に添削して頂き、新聞に掲載す」[9]と決めている。四月一日号の前書きは、そのことの確認ともいえるものであるが、兼題、互選、添削といった手順を踏んで、作品は掲載されていたのである。

四月一日号は、掲載作品の後に次のような川平の「評」を付していた。

今回の作品はつぶ揃いと申しましょうか、「沖縄正月」という限定された出題で、会員の皆様の懐しい思い出と郷愁が、どの歌にも溢れていて大変よいと思いました。

添削とはおこがましいことだとは思いながら少々朱をいれた作品もありますが、果して良くなったか?は心配です。原作の方が矢張りよいのかもしれませんが。

とにかく皆さんの琉歌は中々立派な表現をしておられて敬服いたしております。出来るだけ失

礼にならぬ様にと思っており、添削などとはひかえているつもりですが、気付いた点を少々手を入れて見ました。

川平が「つぶ揃い」だと評した四月一日号に掲載されたペルー組の作品は次のようなものである。

南米の正月や汗はゆる暑さ　生れ島正月や冬の寒さ
ペルー　与座仁明

童やる時や旧正月の嬉れさ　新衣ぬん着ゆい新下駄穿ち
ペルー　安和ウシ

門松や立てて力餅飾ざて　寄よる年なてむ若くなゆさ
ペルー　仲宗根信栄

外国に育ち里ぬ良さ知ゆさ　沖縄正月ぬ恋しい思い
ペルー　山城千代

若水ん汲まい年や若々と　屠蘇酒の甘さ沖縄正月
ペルー　伊芸銀勇

二　ペルー琉歌の消長

ペルーの琉歌は、一九七九年六月一日号に掲載された与座仁明の三首を皮切りに、一二月一日号の比嘉慎一の一首、翌一九八〇年二月号の「ハワイ琉歌会」の結成に参加した又吉節子、山城千代、安和ウシ、仲宗根信栄、伊芸銀勇、玉城武孫らの作品、そして初めて「ハワイ琉歌会」の文字が現れた四月一日号題詠「沖縄正月」の作品まで、先に見たようなかたちで、紙面を飾っていた。

そして五月一日号の兼題「沖縄移民」では、

だんじゅ嘉例吉やハワイまで渡て　新村ゆ拓けて八十の祝い　ペルー　伊芸銀勇

渡て八十年にや枝葉までも　あん美らさ栄て誇り嬉さ　ペルー国　山城千代

夢の間の浮世八十年の祝　子孫さかてかにん嬉さ　ペルー国　与座仁明

ハワイてる島や宝島でもの　島拓て八十年かにん豊て　ペルー国　安和ウシ

といった作品が見られるが、翌六月一日号の兼題「草分け同胞賛歌」では

ことば知らなそてだまてうみはまて　沖縄すくゆんで友達びそりさ　ペルー　伊芸銀勇

ペルー　与座仁明

先輩の御蔭げ坂道も登て　御恩志情や忘すてなゆめ

といったように、二人だけになり、七月一日号も伊芸銀勇、与座仁明の二人、八月一日号では伊芸銀勇一人になってしまう。

一九八〇年六月から八月までの紙面をみるかぎりでは、ペルーの琉歌は「ハワイ琉歌会」結成後わずか半年程で終わりを迎えてしまいそうになっているが、勿論それで終わってしまったわけではなかった。

ペルー琉歌の消長を簡単にたどるとすれば、

一期　一九七九年六月～一二月
二期　一九八〇年二月～五月
三期　一九八〇年六月～一九八四年八月
四期　一九八四年九月～一九八六年四月
五期　一九八六年五月～一九九〇年九月

といったように五つの時期に分けることができる。

一期目は、与座仁明、比嘉慎一が登場した、ペルーの琉歌の出発期、二期目は、「ハワイ琉歌会」が結成されたことで、ペルーからの参加者が一挙に増えた時期、そして三期目は、一九八〇年六月号から与座仁明、伊芸銀勇の二人だけになり、八月には伊芸一人だけになってペルー組の琉歌は終焉を迎えたかに思われたが、一〇月号になって息を吹き返していった時期である。

一九八〇年一〇月一日号は、課題が「具志堅用高」。伊芸銀勇、与座仁明に安和ウシが加わるとともに、「琉歌」の欄にも又吉節子の作品が二首掲載されている。又吉の作品も「具志堅用高」を詠んだものであることからして、「ハワイ琉歌会」の欄に掲載されていて当然だといっていいのだが、そうなってない。「ハワイ琉歌会」の投稿規定に反するものがあっての処置であったのだろうが、いずれにせよ、伊芸一人だけになっていた作品の発表が、一〇月号から、再度安和、又吉が加わって、ペルーの琉歌は盛り返し、一一月から八一年三月まで伊芸、与座、安和、又吉の作品が常時見られるようになる。

翌四月一日号は「二月課題」[10]の「虹」を詠んだ作品を掲載しているが、ペルー組の作品は次の通りである。

ペルー　又吉節子
若夏の山に立つる虹ぬ橋　白雲になやい渡いぶさぬ

ペルー　伊芸銀勇
ハワイてる島や虹まさて美らさ　ダイヤモンドヘッドくさて見事

ペルー　与座仁明
生り島沖縄ぬうじ色美らさ　みやらびん美らさ情深さ

ペルー　安和ウシ
あん美らさあてん全部姿ねらん　はじかさがあゆらかくち居ゆら

ペルー　平敷春

花の色まさるぬうじ美ら色や　ながみゆる心うっさふくらさ

ペルー組の常連に混じって、四月には平敷春が、初登場。四月号に続いて、五月一日号も同じ顔ぶれで、次のような歌が詠まれていた。

ペルー国　伊芸銀勇

春くりば夏と四季やかわるとむ　あきねらん年ゆ迎けて見ぼさ

ペルー国　又吉節子

みどり色連りて春の節いもち　庭の草花も露どかみて

ペルー国　安和ウシ

夢に見る春や花ん咲ちふくて　綾はべるなやい止まい欲さぬ

ペルー国　与座仁明

春や花ざかり心うりしさぬ　我身ん鶯と歌い欲さぬ

ペルー国　平敷春

のどかなる春に鶯の鳴けば　心はりばりと老いて若さん

五月号は「三月の課題」で「春」。

ペルー組も「ハワイ琉歌会」の会員であることからして「会員は毎月の兼題で三首を投句」という会則に従わなければならないことは当然であった。四月の歌も五月の歌も、そしてこれまでの歌も「兼題」に従って詠まれていたが、翌六月号のペルー組の歌は、他の会員の歌といささか異なるものになっている。

琉歌会ぬ友ゆくがとペルーまで　歌ぬ縁むしでかふうしでびる
ペルー　平敷春

沖縄布哇ペルー太平洋ひざみ　ハワイ琉歌会に友ゆ作て
ペルー　与座仁明

夢ぬ間ぬ浮世琉歌会一年　肝心ともに誇て居ゆさ
ペルー　安和ウシ

繰り返し返し昔くい言や　行ちゆる先々に匂かざて
ペルー　又吉節子

六月号の歌は「四月課題　ウリジン」である。そしてペルー組以外の会員の歌は、そのほとんどが「ウリジン」と関わって詠まれていたが、ペルー組は、誰一人として「ウリジン」と関わる歌を詠んでない。

ペルー組の歌は、又吉の歌を別にして一様に「琉歌会」と関わって詠まれている。なぜ、ペルー組の歌は「課題」に従わない歌になっているだけでなく、一様に「琉歌会」と関わる歌になってしまったのだろうか。

ペルーの六月詠歌が「琉歌会」と関わる歌になったのは、全く根拠がなかったわけではない。

一九八一年六月一日号『Hawaii Pacific Press』は、「ハワイ琉歌会一周年」の見出しで、次のような記事を出していた。

ハワイ琉歌会（比嘉武信代表幹事）は、近く創立一周年記念『琉歌集』を発行する。すでに原稿は出来上がり、ハワイ報知でタイプ・セットに移され、七月中には印刷出版の見通しである。

比嘉武信氏によると同琉歌集の内容は、ハワイ琉歌会メンバーが作った琉歌約二百五十首と創立一周年を迎えての感慨などを綴った随筆を多数。（中略）

ハワイでこのような琉歌集が発行されるのは、八十一年の移民史の中でも初めてのこと。また、故郷沖縄でも新作琉歌集の発行は、きわめて例が少ないことだといわれる。（中略）

ハワイ琉歌会は、一九七九年十二月に創立され、昨年十二月に一周年を迎えた。会員は二十六人。

記事はその後に「寄付、祝賀広告を勧誘中。現在次のような協力がある由」として、金額と氏名を発表しているが、そこに伊芸銀勇、又吉節子、安和ウシ、与座仁明の名前がみられる。

ペルー組が、六月一日号の記事に見られる「創立一周年記念『琉歌集』」の刊行に積極的であったのは、「寄付」にも現れていた。

ペルー組の六月詠歌が「課題」の「ウリジン」ではなく、「琉歌会」と関わる歌になったのは、「琉歌会」とのかかわりを喜ぶ気持ちを強く打ち出したかったことの現われに他ならないが、あと一つには、次のような問題があった。

毎月課題を下さって勉強しておりますが、今月課題の「ウリズン」という言葉の意味がよく解りません。沖縄グラフの一九八〇年八月号の十一ページに勝連村の「町・昇格記念記事」がありますが、その中に「うりずん（若夏）」と書かれていますけど、ウリズンとは若夏のことでしょうか。そういうわけで今月（四月）は雑詠にしましたので悪しからずご了承下さい。

又吉節子の「手探りの〝琉歌〟」と題した随想の中に見える一文である。[11]四月課題の「ウリジン」が、むずかしい課題であることは、課題を選定するときにすでにわかっていて、「四月課題は「ウリズン」むずかしいので雑詠もOK」[12]とある通りである。

ペルー組は、又吉と同じく「ウリズン」で詠むことを断念し、「雑詠もOK」を「琉歌会」に読み替えて「ハワイ琉歌会」を祝福する歌にしたのである。それは、ペルー組だけの「課題」で歌を詠んだことをそれとなく示すものであったが、その他に、「ハワイ琉歌会」の「課題」とは異なる、ペルー組だけの「課題」になる歌は見当たらない。

ペルー組の詠歌は、一九八一年四月から伊芸、又吉、安和、与座、平敷の歌が常時見られるようになり、それが一九八二年二月号まで続く。

一九八二年二月号に見られるペルー組の歌は次の通りである。[13]

夢ぬ間ぬ浮世七十坂上て　心やしやしと琉歌ゆ習て
ペルー国　与座仁明

渡海や隔みてん旅宿ぬ思い　夢ぬ馬鹿者や沖縄通て
ペルー国　又吉節子

心楽しみに夢ゆ見る時や　百万長者になとる如さ
ペルー国　安和ウシ

余所国に居てん心福々と　夢に現わりる親ぬ姿
ペルー国　平敷春

ハレアカラ登てハワイ島眺み　語らたる親友達夢ん美らさ
ペルー国　伊芸銀勇

二月号の課題は「夢」。楽しい「夢」を見たときは「百万長者」になった気分であると、歌った安和は、翌三月号から名前が見えなくなる。「ハワイ琉歌会」に掲載された最後の歌であった。

安和の歌が見えなくなった後のペルーの琉歌は、与座、伊芸、又吉、平敷の四名だけになり、その中から時に二人欠けたりして寂しいものになるが、一九八三年六月号までは、次のように四名が顔を揃えていた。

山ぬ端にかかる十五夜ぬ御月　幾年ゆなてん肝に残て
ペルー国　与座仁明

高山ひく山美ら山やな山　御万人ぬ姿似ちよる如さ
ペルー国　平敷春

アンデスぬ山や幾襞ん有むぬ　朝夕眺みとて心和ぐで
ペルー国　又吉節子

山々やあまた名やまさて居てん　エベレスト山や山ぬ王者
ペルー国　伊芸銀勇

四月課題の「山」にちなんで歌われた歌が掲載された同日の「文芸」欄は、「琉球新報で賞賛されたハワイ琉歌会」の見出しで、次のような記事を掲載していた。

沖縄の日刊紙琉球新報の五月九日付コラム「金口木舌」で、ハワイの琉歌が賞賛されている。次はその全文。

飲みば心配事んちゅらしゃ打ち忘して誠泡盛や玉ぬ箒――。ホノルル市に住む比嘉良信さんが詠んで琉歌だ。「ちゅらしゃ打ち忘して」という表現がなかなかいい。美酒の飲み方を心得たご仁のようだ。

ペルーの又吉節子さんがひねった琉歌は「沖縄生りたる泡盛ぬ酒や廻る盃ぬ底んねらん」きっとご主人は「底んねらん」ぐらいの豪の者でござろう。二つの作品とも飲みっぷりのよさがうかがい知れて、ウチナーンチュの心意気が伝わってくるようだ。海外の県人社会は、どこでも琉歌が盛んだ。ハワイ琉歌会は月例会を開いて作品を持ち寄っているし、南米では県人会の集まりで〝即興歌人〟が飛び出して一句ひねる習わし。今年のアルゼンチンうるま老人クラブの新年会では、幹事の与儀キクさんが「うるまとしゅいやいちまでぃんわかく　年や重にてん　春季節の心」と詠んだ。

本場の沖縄で琉歌がすたれ、海外の県人社会で脈々と受け継がれているのは、いかにも皮肉。琉歌の古里は外国に移ってしまったようで寂しい。

異国にいて古里への愛着がそれだけ強い、ということだろうが、私たちも負けずに沖縄のよさを継承したいものだ。その刺激にでもなればと、本紙では毎週月曜日夕刊の「海外ウチナー事情」欄で移住地の人たちの作品を紹介している。たまには老人会の集まりで、泡盛でもくみかわしながら、「心配事んちゅらしゃ打ち忘して」琉歌を作ったら素晴しいと思う。ウチナーグチには共通語とはひと味違う語句も多い。琉歌をひねって大いに芸術的気分にひたろう

「金口木舌」は、海外では県人会などの集まりで、興に乗って琉歌が飛び出してくるほどに、琉歌が盛んに歌われるだけでなく、ハワイには琉歌の会もあって毎月定例会があるといった、海外における琉歌の現状を報告するかたちをとって、本場沖縄での琉歌の凋落振りを嘆いたものとなっているが、「ハワイ琉歌会」の毎月の琉歌詠歌数を知れば、「金口木舌」の筆者ならずとも、同じ思いを抱いたにちがいない。

海外の、とりわけ「ハワイ琉歌会」の活動には、確かに眼を瞠らすものがあるが、しかし、そこにも少しずつ変化が起こっていた。

一九八三年六月号までは、四名が顔を揃えていたペルー組も、翌七月号から平敷春の歌が見られなくなって、与座、伊芸、又吉の三名になってしまう。

安和に続いて平敷の退場は、ペルーの琉歌を寂しいものにしたといっていいが、一九八三年一〇月号には新しい詠み手が登場する。同月の「課題」は「世間」。ペルー組の作品は、次のようなものであった。

誠真実や世間ぬ宝　年や寄て居てん肝にとみて
ペルー国　久高将光

世間音高さ真珠湾の港　弾ぬ傷跡やなまに残て
ペルー国　又吉節子

我が生り沖縄わが暮らしペルー　世間御万人と世和（平和？）願ら
ペルー国　与座仁明

世間無んありば闇ぬ夜ぬ心　互に肝合わち尽ちぃかな

ペルー国　伊芸銀勇

久高の登場は、外国における琉歌人口が一方的に減っていくわけでないことを示すものであった。三名だけになっていささか寂しくなっていたペルー組を喜ばせたに違いないが、それはペルー組だけの光明というだけではなかったに違いない。

一九八四年「ハワイ琉歌会」は五年目を迎える。

一九八四年一月号『Hawaii Pacific Press』は、「五周年企画を発表　琉歌会が忘年会を開く」の見出しで、次のような記事を出していた。

ハワイ琉歌会は、十二月十二日午前十一時から北クアキニ街の川上善子夫人宅で忘年会を開き、一年のしめくくりを行った。

席上主宰の比嘉武信氏から「来年は創立五周年に当たるので、記念誌を発行する。また添削指導に当っている沖縄在の川平朝申師をハワイに招いて恩を返したい」との発表があった。

すでに、川平師へは招待状を送り、夏に来てほしいとの要望をそえたが、まだ返事はないという。

一方、記念誌の方は、書記の比嘉良信氏が中心になって準備を進めている。

「ハワイ琉歌会」は、一九八一年九月『琉歌集 ハワイ琉歌会創立一周年記念』を出していた。その「編集後記」で、比嘉武信は「禍福は糾える縄の如く、また、禍福は門なし唯人の招く所……という。この琉歌集は意外にも難産でした。帝王切開とまでは至らなかったが月余いん子で、編集子は苦労させられた。／昨年の忘年会で歌集の発行を決議し、本年三月発行を目途に努力したが、二月に入って、某編集委員よりストップがかけられ、臨時総会を開くような道草を喰ってしまった。／趣旨には賛成だが実行には反対……という奇怪な理論があることを体験させられた。その余波を正面にかぶって、古参の三詩友が「和のない所は住みにくい」として、離会休会したのは痛恨でした。結局は会員の総意によって発刊することにはなった。が、割り切れない痼が未だに燻っている」と書いていて、随分と苦労したことが伺えるが、その苦労を忘れ、また記念誌の刊行の準備を進めているというのである。

五周年記念誌の発行は、一周年記念誌の発行に比べれば、比較的楽であったに違いない。それは、一周年記念誌というモデルがあったことでもそうだが、それ以上に作品の数が、一周年記念誌のときとは比べ物にならないほど多かったということがある。さらには、五年に及ぶ会の活動が、会員の結束を強いものにしていたはずである。

一九八三年一二月一二日、「来年は創立五周年に当たるので、記念誌を発行する」と発表された記念誌は、一九八五年七月になって刊行される。比嘉武信は「編集後記」で「一九八一年の創立一周年記念『琉歌集』は、出版まで紆余曲折をへて難産だったが、今度の五周年記念『同人集』は四百頁、一万数千ドルの出費にもかかわらず、始めより終りまで順風満帆であった」と書いていた。そこには、会の結束の強さが、それとなく語られていて、「ハワイ琉歌会」は、まさしく「順風満帆」であったことがうかがえるが、ペルーの琉歌は、一九八四年八月を最後に、また一人、大きな存在を失う。

父親ぬ遺徳隅々ん照らち　玉や砕きてん光残て（父）
ペルー　又吉節子

名に立ちゅる火山キラウエアやしが　マウナロア連りて噴火見事
ペルー　伊芸銀勇

神仏やてん頼る事ならん　天災ぬ火山平和みだち
ペルー　与座仁明

八月号は「六月課題」「火山」を詠んだ歌が掲載されていた。ペルー組も、伊芸と与座は「課題」に従った歌を詠んでいたが、又吉は、歌の後ろに付してあるように「父」を詠んでいた。又吉の八月掲載歌が「父」を詠んだものになったのは全く理由がなかったわけではない。前月七月号に掲載された又吉の歌とそれは関わりがあったと考えられるからである。又吉の七月号掲載歌は次のようなものである。

母と故郷やいちん想まさて　童から今に手綱なゆさ

七月号掲載歌は、五月課題の「母」で、又吉は「課題」に従って詠んでいた。又吉は、五月課題の「母」を詠んだとき、「父」についても詠んでいて、それを八月号への投稿歌としたのではなかろうか。「ペルー　又吉節子」の登場は、「父」を詠んだ歌の掲載で幕を下ろす。

ペルー琉歌の四期目は、ペルー琉歌の大きな担い手の一人であった又吉が退場した後の時期で、与座、伊芸の二人に時に久高が加わるかたちで一九八六年四月一日まで続く。

時世ぬ流りや琉歌ぬ課題まで　外国ぬ言葉頭病まち　　ペルー　与座仁明

真盛いぬ二十南米に渡て　バレンタインでしや今ど知ゆる　　ペルー　久高将光

青春や良たさ恋人と連りて　バレンタイン選らで千代ぬ契り　　ペルー　伊芸銀勇

一九八六年四月の掲載歌は、二月課題の「バレンタイン」。久高は、南米に来て、初めて知った祝日を詠んだ歌を最後に、琉歌欄から姿を消す。

一九八六年五月以降、ペルーの琉歌は与座と伊芸の二人だけになって、五期目を迎える。与座仁明の生年が、明治三七年（一九〇四）一二月二二日、伊芸銀勇は明治四一年（一九〇八）一〇月一一日、与座は、すでに八〇歳を越え、伊芸もやがて八〇歳を迎えようとしていた。[15]

一九九〇年「ハワイ琉歌会」は、「創立十周年記念誌」『微風』を刊行する。[16] 記念誌の編集にあたった比嘉良信は次のような随想を同誌に寄せていた。[17]

今私が一番気になるのは、新入会員が少なく琉歌会の前途に不安を感じ、我々の時代だけで終わりたくない。終わらせたくないと言うことである。若い人の入会者がなければ、尻切れトンボになり永続きしない。

沖縄語は特別むつかしい。今までに色々と工夫をこらして来たけれ共、何れも適格な方法が無い。実に悲しむべき現象です。要するに琉歌会をより以上に盛んにすること、その為には琉歌に精進し、音曲に乗せ、若い世代を引き付ける事以外に方法はないと思う。其の点お互に充分気を付けて琉歌の永久存続を考えなければならない。

「ハワイ琉歌会」が、「新入会員が少なく琉歌会の前途に不安を感じ」「若い世代を引き付け」たいと「色々と工夫をこらして来た」のは、次のような理由があった。

一周年記念発刊当時の会員は二九名で、九四歳から四九歳まで、平均年齢は六九歳半であった。四年後の現在は、会員二三名で八七歳より四七歳まで、合計一六五〇歳、平均年齢は七一・七歳。四年間に二歳の加齢だから若返った、と言える。これから戦後一世が入会すれば、もっと若返る可能性がある。

創立満五周年記念誌の「編集後記」に記されている文章である。同誌が刊行されたのは一九八五年、創立十周年記念誌が刊行されたのが一九九〇年。一九九〇年の会員の平均年齢が五年前の平均年齢より下ることはなかったはずで、そのことを思えば、比嘉良信の思いの切実さがよくわかるはずである。

そのことをより切実に感じていたのが他ならぬペルー組であったであろう。一九八六年五月以降、二人だけになっていたペルー組は、「創立十周年記念誌」が刊行された一九九〇年の九月号を最後に姿を消す。

文化世になやい命ん恵まりて　七、八十なてん二ー心　　ペルー　与座仁明

世界ぬ目ゆ引ちやる日系大統領てし　どん底のペルーゆ救くて呉ゆら　　ペルー　伊芸銀勇

九月号課題は、七月「雑詠」。長命を喜ぶ歌と、絶望的な国の状態を憂える歌と、まったく異なる歌が詠まれているが、これが、ペルー組琉歌の最後を飾った歌であった。

三　ペルーの琉歌

一九七九年六月号付『Hawaii Pacific Press』に掲載された与座仁明の三首に始まったペルーの琉歌は、一九八九年一二月には比嘉慎一、そして同月六日「ハワイ琉歌会」の発足とともに又吉節子、山城千

代、安和ウシ、与座仁明、仲宗根信栄、伊芸銀勇、玉城武孫が加入して、「会」の一翼を担い、一九八三年の半ばまで琉歌壇を賑わせたといっていいが、一九八六年半ばから与座と伊芸の二人だけになり、一九九〇年九月号を最後に「ハワイ琉歌会」の欄から姿を消す。

『Hawaii Pacific Press』に見られるペルーの琉歌は、その出発から終焉までほぼ一〇年間しかなかった。その活動期間は、決して長かったとはいえないが、彼らは、その間、どれだけの歌を詠み、何を歌ったのだろうか。

一九七九年六月、与座仁明の三首に始まり、一九九〇年九月与座仁明、伊芸銀勇の各一首の発表で終ったペルーの琉歌は重複含めて三百八〇首。一〇年間に詠まれた作品で数多く見られるものといえば、次のようなものになるであろう。

ハワイてる島に琉歌の会発起ちわしたペルーまでおよび召せさ（伊芸銀勇）
みろく世のしるし呼び寄しりおとぎや　育てらな互にハワイ琉歌会（又吉節子）
沖縄布哇ペルー太平洋ひざみ　ハワイ琉歌会に友ゆ作て（与座仁明）
ハワイ琉歌会やチャックワゴン居とて五周年ゆ祝わて沙汰ゆ残す（伊芸銀勇）
果報ぬ辰年に琉歌会ぬ十年　互に肝合わち老て若さん（与座仁明）
ハワイ琉歌会ぬ志情ぬテープ　聞きば聞く程に情湧ちゆさ（伊芸銀勇）

ペルーの琉歌に、右のような「ハワイ琉歌会」を詠んだ歌が数多く見られるのは、他でもなく、ペルーの琉歌詠者が、「ハワイ琉歌会」に属したことによる。「ハワイ琉歌会」結成にあたって、ペルーにも呼びかけがあったことは、伊芸の歌からわかるが、伊芸はさらに、次のような手紙を「琉歌会」宛に送っていた。[18]

今回、ハワイの皆さんが沖縄の文学的高度の価値ある琉歌の宣揚と普及の為、同好の方が集まり研鑽されますと共に、南米ペルーに居る私達までお招待下さって有難く思います。

ペルーはまだまだ琉歌の緒口で、これから研究して行かねば他国のそれに追付けません。ペルー新報に「ハワイ琉歌会誕生」の記事を掲載し、同好の方に応募するよう要請しました。何分よろしく御配慮賜りとうございます。

伊芸は、「ハワイ琉歌会」からの「招待」に感謝の意を表するとともに、すぐにそのことを、当地で刊行されている『ペルー新報』に紹介、「同好の方に応募するよう要請」していた。伊芸の呼びかけは、さっそく効果をあらわす。

ペルー新報に伊芸銀勇氏が「琉歌を作り貴兄宛に送るように」との記事がありましたので、下手な横好きで五首を送ります。

浅学文盲の老人ではありますが、時々雑詠や琉歌を当地の邦字新聞にも出して居ります。琉歌を通じ余生を楽しく暮らす積りで居ります。

与座仁明が、「琉歌会」宛に送った手紙である。[19] 与座は、「ハワイ琉歌会」結成以前から『Hawaii Pacific Press』に琉歌を発表していたことからして、伊芸の「要請」にすぐに応じられたといっていいが、その「要請」に応じたのが与座だけでなかったのは、くり返し見てきた通りである。

ペルーの琉歌に、「ハワイ琉歌会」を歌った歌が多くみられるのは、そのように、ペルー組が、「ハワイ琉歌会」の一員であったことによるが、ペルー組はまた、次のような歌を詠んでいた。

だんじゅ嘉例吉やハワイまで渡て新村ゆ拓けて八十の祝い（伊芸銀勇）

ハワイてる島や虹まさて美らさ　ダイヤモンドヘッドくさて見事（伊芸銀勇）

パシフィック海に浮かぶハワイ島　名に立ちゅるフラやお客招ち（又吉節子）

名に立ちゆるキラウエアやしが　マウナロア連りて噴火見事（伊芸銀勇）

ハワイ県人の希望うちかなて　見事さみ会館流石ハワイ（伊芸銀勇）

ペルー組は、ハワイ沖縄県人会の行事、人の往来そしてハワイの風物といったのも詠んでいた。それだけに、ハワイと関わる詠歌が目立つのである。

ハワイと関わる歌に次いで多く見られるのは、次のようなものである。

外国に育ち里ぬ良さ知ゆさ　沖縄正月ぬ恋しい思い（山城千代）

弁当や芋練い高ちぶい絡ぎ　ハリー見いがぬ姿肝に残て（与座仁明）

外国に居てん四日ぬ日になりば　生り島ぬ爬竜や夢に見ゆさ（平敷春）

渡海や隔みてん旅宿ぬ想い　夢ぬ馬鹿者や沖縄通ゆて（又吉節子）

生り島沖縄覚び出すさ昔　新北風ぬ頃ぬ肝に残て（久高将光）

新北風吹く頃に友連りて行かな　鷹ぬ群ちゆくて渡る見欲しや（伊芸銀勇）

妖怪日になりば崎山ぬ御茶屋　敷名高坂ぬ火玉待ちゆさ（与座仁明）

ペルーにいて、故郷沖縄のことが、心をよぎる。これらの歌は、そのことがよくわかるものとなっている。そしてそのことは、彼らが、沖縄で生まれ育ったことを示していると同時に、ペルーの琉歌が、どの世代によって担われていたかをよく示してもいた。

ペルーの琉歌を詠んでいてすぐに気づくことがある。その一つが「ゆす国に暮らし」「旅に身や有てん」「外国に暮らち」「万里ひじゃみとる」「余所国に居てん」「移民なて渡て」「地球ぬ裏居てん」といった句の多く見られることである。これらの句には、ペルーに移住した人々の意識がよく表れていたといっていいだろう。

彼らにとってペルーは「余所国」であり「外国」であり「旅」の地であった。ペルーは、いわば仮の国であるといった意識が強かった。そのような「余所国」「外国」「旅」の地であるペルー、すなわち「生れ国」から「移民」してきた国ペルーを、彼らは、どのように歌っていたのだろうか。

アンデスぬ山や幾襞ん有むぬ　朝夕眺みとて心和ぐで（又吉節子）

ペルーぬ夏休み正月に初み　御万人と共に祝て遊ば（与座仁明）

南米ぬインフレ軒並に高さ　いちやがなていちゆら心配や続ち（伊芸銀勇）
宝国ペルーん思い自由ならん　賄賂国習慣ながくちゞち（与座仁明）
世界ぬ目ゆ引ちやる日系大統領てし　どん底のペルーゆ救て呉ゆら（伊芸銀勇）

ペルー組のペルーを歌った歌には二種ある。その一つが右にあげたような歌で、あとの一つは次のようなものである。

南米の正月や汗はゆる暑さ　生れ島正月や冬の寒さ（与座仁明）
雨暴風ん知らんペル国に居りば　南風と新北風ぬ節ん忘して（与座仁明）

これらの型の歌は、故郷と関わって詠まれているという点では先に見た沖縄を偲んで歌った歌と良く似ているが、単に沖縄のことが思い出されたのではなく、ペルーが沖縄と異なる点を強調するかたちで歌われていた。

ペルーを歌った歌は、両者合せてもそれほど多いとはいえない。ペルーに住んでいて、ペルーを対象にした歌をそれほど詠んでないのは、「ハワイ琉歌会」に属していたことと関係していよう。

ペルーの琉歌を詠んでいて、すぐに気づく後の一つは「わした年寄や」「年や取て居ても」「七八十なりば」「九十坂登て」「皺白髪やてん」「老人なてからや」「歳や重にてん」といった句が数多く見られることである。それは、ペルーの歌の詠み手たちの年齢の高さをよく示すものであったといっていいだろう。

歌は、歳を次のように詠みこんでいた。

門松や立てて力餅飾ざて　寄よる年なてむ若くなゆさ（仲宗根信栄）
年終《しまい》りなても嘉利吉ぬしるし　年や取て居ても牛命お願げ（安和ウシ）
子や孫ちりて九十坂登て　花ぬ風車ん拝で見ぶしや（又吉節子）
年若さ中や汗水ゆ流ち　老人なてからや隠居暮し（久高将光）
年や夢ぬ間に八十坂近さ　御老人になたる覚びんねらん（伊芸銀勇）
文化世になやい命ん恵まりて　七、八十なてん二十心（与座仁明）

ペルー組の歌は、そのように老いと関わって詠まれた歌が数多く見られる。

ペルーの琉歌は、老いを歌った歌、ハワイと関わって詠まれた歌、故郷をしのぶ歌そしてペルーを歌った歌といったように、大きく区分できるが、歌われていて当然だと思われることが、不思議と見当たらない。

ペルー組の歌には「移民」が何をして暮らしたか、その暮らしぶりを詠んだ歌がみられない。「ゆす国ぬ暮らし思い偲ならぬ　残ていく物や皺と白髪（与座仁明）」「ことば知らなそてだまてぅみはまて　沖縄すくゆんで友達びそりさ（伊芸銀勇）」「移民なて渡て錦飾ゆんで　エプリルフルや有てん知らん（与座仁明）」「真盛いぬ二十南米に渡て　バレンタインでしや今ど知ゆる（久高将光）」「新移民時や言葉から仕事　思いままならん朝夕苦労し（与座仁明）」といった歌から彼らがよく頑張ったことを知ることは出来るが、彼らが何をしていたかを知ることはできない。

「ハワイ琉歌会」に所属したことで、彼らは、それぞれに数多くの歌を残した。しかし「ハワイ琉歌会」に属したことで、彼らは「課題」に縛られた。彼らが「課題」とよく格闘したことは与座仁明の「ピクニック課題や歌に乗し苦りさ　古頭なやい詠みんならん」や「時世ぬ流りや琉歌ぬ課題まで　外国ぬ言葉頭病まち」といった歌によく現れている。そしてその「課題」に心を奪われたことで、詠み残したのがあったのである。「朝夕苦労」した仕事の歌がないのは、それを歌にすることが困難であったという事情もあるであろうが、「課題」と無関係ではなかったはずである。というのが見られる。

〈注〉

1　『Hawaii Pacific Press』が、創刊されたのは、一九七七年十二月三〇日。「琉歌」の掲載は、創刊号から見られる。

2　「浦添市長ペルー訪問」の詞書が見られる。

3　創刊号は比嘉良信、与儀喜厚、川上善子、知念房、呉屋真苅の「琉歌」を掲載、以後比嘉良信、与儀喜厚を中心に比嘉盛勇らが加わって「琉歌」欄が維持されていく。

4　氏名の後に、電話番号が記されているが、省略した。

5　八〇年二月号に「亜国　比嘉盛吉」、三月号に「アルゼンチン　比嘉盛善」の作品が掲載されているが、アルゼンチンからの参加はその二回だけ、そして四月号に「ブラジル　和宇慶朝幸」、五月号に「ブラジル　山内盛続」の作品が掲載される。六月号には両者の作品が見られるが、七、八月号は山内盛続の作品だけで、その後は見られなくなり、八五年になって山内の作品が三月号、四月号に見られる。アルゼンチン、ブラジルにも、呼びかけていたことがそれでわかるが、長く続かなかった。

6　一九七七年一〇月三一日に締め切られた「海外の琉球芸能を讃える歌」当選作品六二首のうち一九首がペルーの人たちの作品であったことからわかるとおり、ペルーには、琉歌を詠む人たちが他の南米諸国に比べて多くいた。比嘉武信編著『ハワイ琉球芸能誌　ハワイ沖縄人七八年の足跡』（一九七八年一二月一五日、ハワイ報知社）「募集琉歌当選作品」の項参照。

7　「おとぎやは兄弟姉妹」の「註」が見られる。

8　創刊とともに「文芸」欄に設けられた「琉歌」の欄は、「課題」にとらわれずに詠まれた歌が掲載された。

9　『琉歌集　ハワイ琉歌会創立一周年記念』（一九八一年九月吉日発行、発行者ハワイ琉歌会、責任者比嘉武信、印刷所ハワイ報知社）所収「書記録は語る」一九七九年一二月六日の項参照。

10　新聞掲載時の作品は、二カ月前の「課題」。二月課題は四月号に掲載された。

11　「手探りの〝琉歌〟」『琉歌集　ハワイ琉歌会創立一周年記念』所収。

12　「書記録は語る」（一九八一年）二月一二日の項参照。その後に「今後は新人勧誘のため課題と雑詠を併用する」とあるのが見られる。「雑詠」も可としたのは、「課題」が難しいといった言葉が少なからずあったことをうかがわせる。

13　同日号の「琉歌」欄には、与座仁明の作品「酉年んしまて向かて戌年や　かりゆしぬ果報とも（に）拝ま」「年や重にてん毎年の正月　斗掻風車ん願て暮らさ」の二首が掲載されている。

14　一九八七年二月号に又吉は「惜む沖縄語や亡び前ぬ艶姿　せめて伝えたや此ぬ詩集にて」を発表しているが、国名が「ペルー」ではなく「アルゼンチン」になっている。「拝啓・ハワイ琉歌会殿　伊芸銀勇氏より」（『祝日本人官約移民百年祭　ハワイ琉歌会同人集　創立満五周年記念誌』所収）の八四年一〇月一二日日付になる書簡に「又吉節子さんは、ペルーの商店住宅を売って、アルゼンチンへ転住されました」というのが見られる。

15　両者の生年月日は『祝　日本人官約移民百年祭　ハワイ琉歌会同人集　創立満五周年記念誌』を参照。
16　一九九〇年吉日発行、編者比嘉良信、発行ハワイ琉歌会、印刷製版ハワイ報知社。同誌の表紙には「祝沖縄移民入植90年祭」の文字が見られる。
17　「和の美しさ」『ハワイ琉歌会創立十周年記念誌　微風』所収、参照。
18　「琉歌会に届いた御状」『琉歌集　ハワイ琉歌会創立一周年記念』所収参照。一九七九年一二月二一日の日付けが見られる。
19　「会員からの言葉集」『琉歌集　ハワイ琉歌会創立一周年記念』所収参照。一九八〇年二月二八日の日付が見られる。

あとがき

私の所属した学科の専攻課程には、一年に一回発行される『日本東洋文化論集』と言うのがあった。「あった」というのは、私が勤めを終えたことによるからで、「ある」というのが正確だろうが、私は、勤めていた間、年一回の発表を教員の義務だと考えていた。何よりもそこは、私の仕事の大切な発表場所であった。

学部ではまた、ラジオ、テレビ等の放送局と組んで、公開講座を行うことがあり、そのためのテキスト作りや、さらには文部科学省科学研究費の助成を受けての成果報告書刊行のための原稿作りというのがあって、それらが私のもう一つの仕事であった。

法政大学沖縄文化研究所が、［叢書・沖縄を知る］の一冊として、沖縄文学に関する一冊を加えて下さるとのことで、これまで発表してきたものを整理してみたところ、私の仕事の多くが、それらに発表されていたことが、あらためてわかった次第である。紀要や研究成果報告書に発表した論考はいうまでもなく、公開講座のテキストなど一般にはほとんど目に触れる機会もないのではないかと思い、この際、それらを中心にまとめてみた。

初出は次の通りである。

前書きに代えて　沖縄文学の二系統――『沖縄文学選　日本文学のエッジからの問い』勉誠出版

二〇〇三年五月一日

戦後沖縄文学の出発――『琉球大学放送公開講座5　沖縄の戦後史』琉球大学公開講座委員会
一九八七年九月二六日

揺籃期の児童文学――戦後沖縄における児童文化運動の展開――『アメリカ占領下における沖縄文学の基礎的研究』平成一三年〜平成一六年度科学研究費補助金研究成果報告　二〇〇五年三月。

琉球方言詩の展開――あと一つの沖縄近・現代詩――『岩波講座　日本文学史第15巻　琉球文学、沖縄の文学』岩波書店　一九九六年五月八日

方言詩の世界――『日本語論　第二巻第八号』山本書房　一九九四年八月一日

演劇革新への胎動――「時花唄」をめぐって――『日本東洋文化論集　第10号』琉球大学法文学部
二〇〇四年三月二九日。（二〇〇二年七月六日、第二七回沖縄芸能史研究会大会において「汀間と雑感」の演題で話した原稿に手を加えたものである）

王国の解体――「首里城明渡し」めぐって――『日本東洋文化論集 第14号』琉球大学法文学 二〇〇八年三月二九日

位牌と遺骨――二つの出郷作品をめぐって――『日本東洋文化論集　第11号』琉球大学法文学部
二〇〇五年三月二九日（二〇〇四年三月九日から一二日にかけて行われた法政大学国際日本学研究所主催「国際シンポジウム　沖縄のアイデンティティー」で使用した原稿に手を加えたものである。ジョン・シロタ作「レイラニのハイビスカス」は、日本語初演用として山里勝巳氏によって訳された台本を使用した）

摩文仁詠歌の地平――短歌の中の戦争――『なんぶ文芸　創刊号』二〇〇一年八月
『Hawaii Pacific Press』紙に掲載されたペルーの琉歌――『移民研究Ｎｏ２』琉球大学移民研究センター　二〇〇六年三月（第一〇回ＷＵＢ世界大会ペルー二〇〇六「カンフェランス沖縄移民」二〇〇七年一月三〇日、リマ　スイスホテルで使用した原稿である）

本書に収録した論考は、あまり人目につかない刊行物に発表されたものであるだけでなく、これまであまり取上げられることのなかった作品類だと思うが、それぞれが、大切な問題を投げかけていた。沖縄の文学は、いかに「琉球語」を取り込もうとしたか、或はそれをどう生かそうとしたかの長い歴史があったことを改めて思う。そして、それぞれの作品が、それぞれの時代の歴史を深く刻みこんでいた。ここに収録した論考は、そのことを、あの手この手を使いながら、あぶりだそうとしたものである。論の成否はともかく、沖縄の文学の特質がどのような点にあるか、感じていただければ幸いである。

論文集の刊行、しかも目立たない作品を取扱った論考をその内容とする論文集の刊行に尽力くださった法政大学沖縄文化研究所所長屋嘉宗彦氏をはじめ運営委員の方々そして編集を担当して下さったボーダーインクの池宮紀子さんにこころからお礼を申し上げたい。

二〇〇九年七月一七日

仲程昌徳

仲程　昌徳（なかほど・まさのり）
1943年8月　南洋テニアン島カロリナスに生まれる。
1967年3月　琉球大学文理学部国語国文学科卒業。
1974年3月　法政大学大学院人文科学研究科日本文学専攻修士課程修了。
1973年11月　琉球大学法文学部文学科助手として採用され、以後2009年3月、定年で退職するまで同大学で勤める。

主要著書
『山之口貘―詩とその軌跡』（1975年　法政大学出版局）、『沖縄の戦記』（1982年　朝日新聞社）、『沖縄近代詩史研究』（1986年4月　新泉社）、『沖縄文学論の方法―「ヤマト世」と「アメリカ世」のもとで』（1987年10月　新泉社）、『伊波月城―琉球の文芸復興を夢みた熱情家』（1988年5月　リブロポート）、『沖縄の文学―1927年～1945年』（1991年3月　沖縄タイムス社）、『新青年たちの文学』（1994年12月　ニライ社）、『アメリカのある風景―沖縄文学の一領域』（2008年9月　ニライ社）、『小説の中の沖縄―本土誌で描かれた「沖縄」をめぐる物語』（2009年3月 沖縄タイムス社）等。

沖縄文学の諸相
―戦後文学・方言詩・戯曲・琉歌・短歌―
［叢書・沖縄を知る］法政大学沖縄文化研究所監修

2010年2月28日第一刷発行

著　者　　仲程　昌徳
発行者　　宮城　正勝
発行所　　（有）ボーダーインク
〒902-0076 沖縄県那覇市与儀226-3
電話　098(835)2777 fax　098(835)2840
http://www.borderink.com
印刷所　　（有）でいご印刷

Printed in OkinawaISBN978-4-89982-168-7